Never Say Love

别爱上我

辛酉
作品

北京联合出版公司
Beijing United Publishing Co.,Ltd.

图书在版编目（CIP）数据

别爱上我 / 辛西著 . -- 北京 : 北京联合出版公司，2020.4

ISBN 978-7-5596-3970-7

Ⅰ . ①别… Ⅱ . ①辛… Ⅲ . ①长篇小说—中国—当代 Ⅳ . ① I247.5

中国版本图书馆 CIP 数据核字（2020）第 026194 号

别爱上我

作　　者：辛　西
责任编辑：郑晓斌　徐　樟
出版监制：柯利明　吴　铭
总 策 划：张应娜
特约编辑：李沙沙
封面绘图：五木瑾
封面设计：仙境设计
版式设计：王军惠

北京联合出版公司出版
（北京市西城区德外大街 83 号楼 9 层　100088）
三河市双升印务有限公司印刷　新华书店经销
字数 164 千字　880 毫米 ×1230 毫米　1/32　7.5 印张
2020 年 4 月第 1 版　2020 年 4 月第 1 次印刷
ISBN 978-7-5596-3970-7
定价：39.80 元

在太阳升起的那一刻，你又会是谁的影子？

目录

别爱上我

辛西 著

楔　子

用百度搜索“有声小说”四个字，会搜出无数个网站链接，我就是其中一家网站的网络编辑。我负责的版块叫《原创故事堂》，是一个由普通网友来给大家讲故事的地方，也正是因为讲述人和故事全都来自民间，可听性自然要差一些，制作上也难免粗糙。我之前一直认为无论网友讲的故事多么精彩，都无法和那些知名的、由专业配音组合而成的有声小说相媲美。直到前几天收到的一个网友投稿，彻底颠覆了我的观念。

那天一大早，我像平时一样打开了网站的投稿邮箱，一封主题为“一张奇怪的照片”的邮件出现在收件箱里，点开邮件后发现只是附件里有一个音频文件。我漫不经心地点开了文件，旋即，一个略显低沉的、年轻男人的声音传进了我的耳朵……

第一章

蜜月奇遇

已经是午夜十二点了，妻子早已坠入梦乡，而我却辗转反侧，始终不能入眠。我索性起身来到阳台，点上一支烟，遥望夜空。月亮完全被浓云吞噬，整个天幕显得毫无生气。此时，我的大脑又开始不由自主地思忖着不久前发生的那件事。这段时间它像谜一样不时撞击着我的心灵，让我的思维始终处在一片混沌之中。

事情要从 2012 年说起，那是 8 月 17 日，我和新婚妻子踏上飞机，开始了为期八天的台湾环岛蜜月游。很遗憾，因为暴雨，阿里山没去成，还差点遭遇布拉万台风没能按时回大连。

临走的前一天晚上，我们住宿在台北附近的新北市三峡镇。晚饭后，妻子留在酒店休息，我一个人到酒店附近的一个小夜市闲逛，在一家小服装店里买了一件T恤。结账时收银大姐从口音听出我是从大陆来的，就随口问了一句："先生是从大陆什么地方来的？"我告诉她是大连，没想到她突然站了起来，一脸的惊恐万状，把我吓了一跳。

收银大姐哆哆嗦嗦地从嘴里蹦出几个字："大……连，你真的是……从大连来的吗？"

我茫然地点了点头，心里面打起了鼓，那个时侯大连虽然在大陆知名度挺高的，但在台湾远不及同省的沈阳有名，就连我们团的导游也是只知沈阳不知大连，问了很多本地人都是如此。

此时收银大姐又说话了："麻烦先生在这里等我一下。"说完就跑了出去，搞得我一头雾水，不一会儿，她上气不接下气地跑了回来，手里还拿着一块红布，里面不知包着什么东西。打开一看，原来是一张照片。

照片上有两个男人，一个四十岁左右，一个三十岁出头，两人互相攀着肩，都是一脸灿烂的笑容。背景我一眼就认了出来，是台北的101大厦89楼观光层，前几天我刚刚去过的，照片右下角的日期是2009年7月19日。

收银大姐说照片上那个年纪大一些的是她老公。三年前就在这个小服装店里她遇到了一对来自大连的情侣，男的姓全，女的叫妮妮，是来这里旅游的。通过闲聊收银大姐得知那对情侣想包车在台北和附近的几个城市转一转，正好她老公那段时间闲着没事，她就让她老公给那对情侣出车兼做义务导游，一共三天，大家相处得很愉快。

从那张照片上我看不出任何异常，也不明白收银大姐到底要向我说明什么问题。只听她语速极快地说道："第一天那对情侣的相机就出了问题，所以那期间拍照用的是我家先生的相机。他们临走时给了我家先生一个邮箱，用来传照片。我家先生对用电脑是不太灵光的，就交给我来搞。很奇怪的是，所有的照片都传过去了，唯独这张传了几次都失败了，后来我索性就不管它了。

"我家先生为人比较厚道，那三天和他们相处得非常好，再加上我家先生和他们的合影就这一张，所以对方坚持要我把这张照片发给他们，并给我发了一个地址让我把照片冲印出来寄给他们。照片是我家先生去冲印的，有些古怪的是，听冲印照片的人说，第一次冲印时竟然是一大块白版，上面什么都没有；第二次才冲印出来，等第二次冲印出来后发现第一次印出来的白版竟然又有影像了。所以就有了两张照片，一张我们按地址寄了过去，另一张我们自己留着做纪念，没想到这一留却留下了祸根。

"自从我们留下这张照片后就开始有怪事发生，不是东西莫名其妙地移位就是门窗自动开启。开始时我们也没多想，更没想过是这张照片的问题，直到有一天，我家先生偶然发现了这张照片的古怪。先生你看，在我家先生和那位姓全的先生旁边有一个穿绿色T恤的女生，她就是那个妮妮。当时我家先生和全先生是面对镜头的，而她正在旁边看外面的风景，她是背对着我们的，我们根本不可能看到她的脸。有一天夜里，我家先生睡觉时梦到了这张照片，竟然看到照片里的妮妮转过身来，几秒钟后就又恢复原貌。开始我还不相信，后来我也在梦里遇到了这种情况。”

“这太不可思议了，这怎么可能呢？！”我打断了收银大姐的话。尽管如此，她的话还是激起了我的好奇心，我本来就对那些奇奇怪怪的事有一种特殊的敏感。

收银大姐这时急了，一把拽住了我的手腕：“拜托你了，一定要相信我，先听我把话说完好吗？”而另外一个店员也在旁边附和道：“她说的都是真的。”

看到收银大姐那渴求的眼神，我微微点了点头。收银大姐接着说道：“发现照片的古怪后，我家先生和我都有些害怕，尤其是我。有一次，我实在忍受不了了，就想把照片给烧掉，结果刚要把照片引燃，就听到外面有人喊我，原来我家先生出事了。他原本好好的在楼下洗车，突然被一辆疾速行驶的摩托车撞倒了，而且非常严重，到现在还瘫痪在床。我更害怕了，也进一步确信这些并不是偶然的，是这张照片在作怪。从那以后我再也不敢看它了，更不敢烧掉它，准确地说，我根本就不知道该怎样处置它。

“后来我家先生的伤养好了，但腿就是动不了，连医生都找不到原因。为此我还专门去了一趟南投县的中台禅寺找法师询问此事，法师说只有找到照片里的女生才能解决问题。这几年我一直试图通过那个邮箱联系那位全先生，但却一直没有回音。当时只留下了那个邮箱和一个地址，我们这儿离那边那么远，我一个女人也做不了什么，只能听那位法师的话用红布把这张照片包好放在玄关的梁上。现在遇到你也许是上天的安排。”

“你想让我替你做什么呢？”我问她。

“既然你也是从大连来的，能不能回去的时候按照那个地址去帮我找一找，看看到底发生了什么。我估计那个妮妮也许出了什么意外，如果其中有冤情，你看看能不能帮她平冤，她的冤平了，我家先生可能也就有救了。”

原来是这样，不过我还是不太相信，所以根本就没太当回事，一口应承了收银大姐的要求。于是，她把那个邮箱和地址信息都留给了我，还留了一个联系电话。她不敢让照片离身太远，就自己留了下来。

此外，收银大姐还透露了一个重要的信息，她猜测那个妮妮出事很有可能和男朋友全先生有关系，因为在梦里，那个叫妮妮的女孩在照片里转过身时，眼睛是瞪着全先生和收银大姐老公方向的。收银大姐的老公肯定是不可能有问题的，应该是和全先生有关系。

第 二 章

探秘开始

回到酒店后，我把这段奇遇讲给妻子听。

“亲爱的，你不是在这儿给我讲鬼故事吧？”妻子的反应出奇地平静。

也难怪，这事搁谁都不会相信。我朗朗一笑，随手打开电视，关注着台风的行踪，这关系到能不能正常回家。之前的疑惑被电视里滚动播出的台风和李宗瑞投案自首的消息慢慢湮没了。

再次关注这件事是在回大连一个多星期后，我找出了台湾收银大姐留给我的那个地址，上面写着：辽宁省大连市西岗区南昌街 62 号，邮编 116011。托公安局的朋友一查，结果出人意料，这个地址早已不复存在，七八年前那里动迁改造，南昌街 62 号已经消失了，所处的位置差不多就是现在万达华府小区紫航海鲜大饭店那里。

地址这条线索算是断了，剩下的只有那个邮箱了。邮箱是新浪的，由一串英文字母——gjgcsw 组成，我反复研究了这几个英文字母，却一点蛛丝马迹也没找出来。想试着给邮箱发点东西，却不知道该发什么，想来即使发了也不会有什么回音，这事就暂时搁置了下来。

直到 9 月末的一天，我在公司闲着没事用 QQ 聊天时，偶然间突发奇想，那串英文字母会不会同时也是一个 QQ 名呢?

我在 QQ 查找框中试着输入“gjgcsw”，没想到还真的搜索出一个 QQ 来。QQ 资料显示男性，1980 年 11 月 11 日生人，QQ 签名很有意思：关雎宫里藏深爱，痴情最是皇太极。此外再无其他信息。尝试着进入 gjgcsw 的 QQ 空间，却显示只有好友才能访问。

“这个人会是那对情侣里那个男的吗？”我在心里问着自己，随手向那个号发了加好友申请，随后屏幕上弹出一个验证框来。

我该写什么呢? 写“你好”准会被当成骚扰的。我突然想起此前收银大姐说过那个男的姓全，具体叫什么名字不清楚，那个女孩姓什么不知道，只知道叫妮妮。于是我打上了“全先生你好”五个字发了过去。无所谓了，他愿加我就加，不愿加就算了，这件事就到此为止，我也算是尽力了。当时我是这样想的，但很意外的是，连一分钟都不到，对方就同意了我添加好友的请求。

点完“确定”后，我马上进入到 gjgcsw 的 QQ 空间，直奔相册而去。里面的相册不多，一共才三个，最新的一个是一组婚纱照，从上传的时间看，结婚时间不长。里面几乎全是新娘的照片，只有两张里有新郎，我一眼就认出，新郎正是那张照片里那个年轻一些的男子。新娘很漂亮，我不知道她是不是那张照片上的妮妮，直觉告诉我应该不是。

另外一个相册名叫“最美丽的回忆”，访问需要密码，看不到。还有一个是贴图相册，只有一张老式的四寸黑白照片，边缘还有锯齿。照片上是一个五六岁的小女孩，头上扎着两个小辫子，正蹲在地上洗手绢。我注意到 gjgcsw 的 QQ 头像用的也是这张照片，看来这张照片可能对他有着不同寻常的意义。人基本上确定了，我心里一阵轻松，接着又转到 gjgcsw 的 QQ 日志里。他的日志不算多，但篇篇都是原创，能看得出来，他的文字能力很强。一篇篇看下来，别说，收获还真不少。以下是我撷取的三篇 QQ 日志。

最痛苦的时刻　2010 年 7 月 11 日

又一次穿上了你送给我的米奇外套，又一次被人说幼稚，又一次想起了你——我的妮妮。已经很难计数每天要重复多少次这样的循环，也许根本就不需要这样的计数，就像有句话说的那样：从来都不需要想起，永远也不会忘记！

很早就知道自己是一个小心眼的男人，心里只能装下一个人。你帮我证明了。

很早就知道自己是一个没出息的男人，在感情上拿得起，放不下。你帮我证明了。

很早就知道自己是一个不能有回忆的人，在我的程序里没有删除这项功能。你帮我证明了。

很早就知道自己的爱情只能有一次，第一个走进内心深处的人将成为永恒。你帮我证明了。

妮妮，还记得那次从沈阳回来的火车上你对我说的话吗？你说不管我们的结局是悲还是喜，你都不会后悔。现在我要告诉你：“其实我也一样。”

妮妮，还记得那次旅行回来的飞机上我对你说的话吗？我说我要做你永远的避风港。现在我要告诉你：“即使你已不在我这个港口停泊，我还是要把所有的庇护都留给你。”

妮妮，还记得吗？那次在星海广场你对我说，这辈子你的爱情在我这里到此为止！可是，你知道吗？这辈子我的爱情也在那一刻不再前行。

妮妮，还记得吗？那次在西安路麦当劳我对你说，我们的生命将不再有彼此！可是，你知道吗？那是我人生中最痛苦的时刻。

生日快乐　2010年9月22日

仰望夜空的那一轮圆月，感叹老天的造化弄人，竟然让你的生日和中秋节相遇，相信你也有同样的心境，这是我们30年人生中最难过的一个团圆夜！妮妮，生日快乐！

分离　2011年10月9日

如今还能回忆起的那个早晨是一个极其普通的早晨，和我31年人生中的每一个早晨没有什么两样。在太阳升起的那一刻，谁都不会想到：我们——会分离。

看来这个gjgcsw就是那张照片上的全先生无疑了，从字里行间能感受到他对妮妮的浓情厚意。很多篇日志里表达的都是对妮妮的思念之情，看来他们的感情非常好。同时日志上的文字也明确表明最后他们并没能走到一起，看来婚纱照上的新娘的确不是那个叫妮妮的女孩。

他和妮妮之间到底发生了什么变故呢？难道真的像收银大姐说的那样，妮妮出了意外，而且还和全先生有关？所有的一切都还是未解之谜。

就在这时，gjgcsw发过来“你好”两个字。

这对我来说有些猝不及防，我甚至还没做好心理准备该怎样和他对话，gjgcsw的第二条信息就又发了过来。

gjgcsw：“你是姜姐的朋友小高吧？我都等你半天了。”

我迟疑了一下：“哦。”

gjgcsw：“那就把扫描的小票传给我吧。”

我：“什么小票？姜姐没说太清楚。”

gjgcsw：“就是银主的银行资金流水啊，不见小票，银行那边怎么准备贴息啊？”

话说到这儿，我立刻明白了他说的是什么事。以前我曾在银行做过三年多的对私客户经理，“银主”“贴息”这样的行话一听就明白大概是什么情况。应该是有银行这个月没完成存款任务，需要在月末的时候花钱买存款，银主指的是存钱的资金方，贴息是银行给的报酬。数额比较大的时候银行一般会提前验一下银主的资金，免得到时有意外情况发生，这个业务的名称叫作“冲量”或“充时点”。这事我以前没少做，很熟悉。这就好办了，也就不愁和他如何接话的问题了。

gjgcsw：“唉！姜姐做事就是不靠谱，事都没说清楚就敢联系。这样吧，小高，我再和你确认一下，明天有家银行需要6000万冲量资金，姜姐昨天和我说你那里有银主能做，到底行不行啊？”

我：“哦，我这边没有问题，小票我下午传给你……”

凭借着以前在银行的资源，这事对我来说没有任何难度。第二天我就顺利和他做成了那笔业务。gjgcsw，不，他的名字叫全林，我称呼他为全哥，而全林则称呼我为小高，他还真把我当成了专门做资金业务的掮客了。

第 三 章

谁在说谎

紧随而来的“十一”国庆长假，我和妻子回了一趟她的老家青岛。那期间我也谋划好了回来以后和全林之间的“斗争策略”——先混熟了再说，以后伺机寻找线索。可刚回大连就差点被全林打乱了部署。

那天晚上，我在家里用电脑登录一个多星期没上的QQ。刚登录上去各种头像就在电脑屏幕上闪烁个不停，其中一个小丫头的头像格外刺眼。我赶紧点了一下，弹出的对话框里醒目地出现一行字：“哥们儿，你到底是谁？”

全林不会是发现了什么吧？我心里嘀咕着。应该不会，我的手机号全林也知道的，如果有重要的事，他应该会直接打手机，只是在QQ留言恐怕不是什么大事，最多是发现了我不是小高。

想到这儿，我刚刚还紧绷的心又平静了下来，在QQ上回复了一句“我就是我啊，呵呵”发了过去。

过了一会儿，全林不知道是刚上线还是之前一直隐身，又给我发来了回复。

全林：“别骗我了，前几天我和姜姐见过面的，你不是小高。”

我：“哈哈哈，我是不是小高很重要吗？重要的是我们合作成功了，而且以后还有可能一直合作下去。”

全林：“说的也是，那是谁把我介绍给你的呢？”

我：“这个也不重要吧，这个圈子其实很小的，互相之间都能联系得上。”

全林：“好吧，你不愿说也罢，但总该告诉我你到底是谁吧？”

我：“这个没问题，我姓穆。”

就这样我们不咸不淡地聊了一个多小时，主要的话题还是围绕着给银行做冲量业务，除此之外，我和他之间还真没什么话可说。别看他的年龄比我大一点，但做冲量业务才不到一年，他做这个主要是因为他的妻子刘艳。刘艳在一家银行的信贷科工作，有一些这方面的资源，她本人不方便出面，就让全林代劳。而全林的本职工作是蓝天医药公司的企划部经理，所以他在冲量业务上远不及我懂，我们聊天时更多的是我在教他，这使我在很短的时间内取得了他的信任。

此后的一段时间里，我和他经常在QQ上有一搭没一搭地聊着。虽然全林不是一个很热情的人，通常说话的语气也比较冷，但慢慢地我们也算熟悉了起来。有几次，我也曾试着小心翼翼地说一些话来试探他，就像那一次，我以计划和妻子的台湾蜜月游为由头，想和他聊一聊台湾旅游的话题。可是，他的反应很冷淡，只是一个劲嗯嗯啊啊地敷衍我，而且很快找别的话题给岔了过去，后来几次也是如此。他的有意回避是心里有鬼还是不愿回忆伤心事，我不得而知。

上个月末，也就是10月末，我和全林又对缝做成了一笔冲量业务。做业务的地点离蓝天医药公司很近，事情结束后，全林约我到他办公室坐一坐。他的办公室不大，就是在套间里隔出六七平方米的空间，但好歹只有他一个人，也算是独立办公室。我落座还没一分钟，外边来了个人把他喊走了，办公室里只剩下我一个人。

我起身走到窗前看着外面的风景，无意间一回头，发现办公桌上的电脑是开机状态。瞬间，一个主意在我脑海里闪过，我知道也许机会来了，便迅速坐到电脑前。还好，电脑没有设密码，更关键的是全林的QQ处在登录状态，这是我最希望看到的。我迅速点击鼠标向空间相册奔去。电脑的速度有些慢，页面迟迟没有转过来，我感到自己的心都要跳出来了，握着鼠标的手也有些发抖。

终于，我看到了，那个叫“最美丽的回忆”的相册此时没有任何障碍地呈现在我眼前。在上面我看到了全林，也终于看到了妮妮，所有的照片里都是他们两个人。照片很多，他们去过不少地方，相册最后一页的照片就是以台湾为背景的，这也是我最关注的。我屏住呼吸，快速浏览着，总算看到了在 101 大厦拍的照片。没错，妮妮身上穿的是绿色的 T 恤，但一直没发现在台湾收银大姐手里看到的那张照片。看来收银大姐说的没错，那张没传成功。不过，里面有一张照片的背景和台湾收银大姐手里的那张很相似，看来全林和妮妮真的一起在那里拍过照。

正在我愣神儿的工夫，外面传来了声响，我知道全林回来了，立即下意识地站起身来想离开座位，可是已经来不及了。门一直都没关，全林走到门口停住了脚步，一脸惊讶地看着站在他座位旁略显慌张和尴尬的我。而我那时也确实是蒙了，有些不知所措，甚至都没想到要关掉他的 QQ 空间。

这时全林忽然意识到了什么，疾步走过来一把推开我，直接走到电脑前，他对停留在电脑屏幕上的界面好像并不意外。他冷笑了一声，把脸转向了我："果然如此，一直就觉得你哪里不对劲。说说吧，你到底是谁，想干什么？"

这时我反倒冷静了下来，索性把整件事的来龙去脉一股脑儿地向全林简单叙述了一遍。当然，我只讲了那张照片先后在收银大姐老公和收银大姐睡梦里出现的奇怪现象，至于收银大姐最后对事件的猜测被我省略掉了。

在讲述的过程中，我一直注意观察全林的面部表情。让我有些失望的是，他就像在听故事一样，时不时还会露出轻蔑的神情，听完后居然大笑了起来：“哈哈哈，编得不错嘛，想来吓唬我吗？”我刚想开口解释就被他摆手制止了。

“我告诉你，小穆，我不知道你虚构这些事情的目的是什么，但是我可以很负责任地说，我和妮妮的确去过台湾旅游，但从来都没有到过什么三峡镇，更没有找过什么私人导游。我们当年是跟旅游团走的，你说的那些根本就不存在。不错，妮妮确实是我的前女友，我和她之间是发生了一些事情，但这些和你没有关系。现在，我请你离开这儿，也希望你以后不要出现在我的生活里了。谢谢！”到最后他完全是一种不容置疑的口吻。

但凡同一件事两个人的说法是互相矛盾的，那肯定有一个人在撒谎。显而易见，撒谎的人是全林。这是和尚头上的虱子——明摆着的，之前我已经通过 QQ 聊天套出了全林的一些个人信息。他以前的确住在西岗区南昌街，那个邮箱也确实是他的。如果真如全林所说，那收银大姐作为一个台湾人怎么可能知道全林的那些信息，而且还知道他姓全，女友叫妮妮。显然全林在逃避着什么，也许他心里真的有鬼。可是，现在我暴露了身份，全林已把我打入“冷宫”，想在他身上找线索无疑是天方夜谭，这件事看来已经走进了死胡同。

第 四 章

疑窦丛生

就在我快要放弃的时候，事情出现了转机。今天下午，我一个人在家百无聊赖地看着报纸，全林的电话不期而至，手机接通了，还没等我礼节性地说出“你好”两字，全林急促的声音就跳进了我的耳朵：“转过来了，真的转过来了！”

“你在说什么？谁转过来了？”

“是妮妮，刚才我在梦里也看到照片里的她转过身来了！”

半个小时后我来到了全林位于泡崖小区的家里，开门的那一刻，我看到的是全林那张惊魂未定的脸。进门后全林连拖鞋都没让我换就直接把我领进了里屋，一进去看到的那一幕让我倒吸一口凉气。正对门口的电脑桌上放着一台笔记本电脑，屏幕上全屏显示着一张照片，非常醒目，正是此前收银大姐给我看到的那张照片。

看来我猜得没错，全林果然说了谎。转念一想又觉得不对，收银大姐曾经说过的，这张照片一直没传成功，怎么现在又赫然出现在全林家的电脑上了呢？不知为什么，我突然也有些紧张起来。

这时全林开口说话了，暂时打断了我的思路："小穆你别误会，我并没有撒谎。那次去台湾照了很多照片，毕竟也过去好几年了，上次你冷不丁一说我一时还真没想起来。那天把你撵走之后，我又仔细回忆了一下，你描述的那张照片，我模模糊糊感觉有一点印象。一回到家里我就找出当时拍的那些照片，还真的找到了这张。不过和我一起照相的这个中年男人可不是我们从什么三峡镇雇来的，他是我们团的导游，不信你看。"

全林说着又给我看了其他几张照片，有很多张是那个中年男人在不同景点给游客讲解的照片。

这是怎么回事？我一时没反应过来。

全林不容我多想，继续说道："从大连到台湾至今都还没开放自助游，要去只能跟团走。你也刚刚去过的，应该也知道吧？所以你一定要相信我的话。对了，差点忘了说正事儿，就在刚才我睡午觉时，做了一个梦，在梦里我看到这张照片上的妮妮真的把身子转了过来，太邪门了。"

我若有所思道："也就是说，你和那个收银大姐在不同的时间做了同样的梦。”

全林：“我不相信有那个收银大姐的存在。”

我：“不管她存不存在，你们在梦里都看到了相同的一幕场景。”

就在我和全林争论的时候，刘艳回来了。之前做冲量业务时我们见过，也算是认识。他们两口子好像闹别扭了，刘艳的脸色铁青，既没理会全林也没和我打招呼，直接扭头去了另外一个房间。我见状就借故离开了，全林把我送了出来，约我明天还到他家一起研究。

事情的发展越发离奇，远远超出了我的预期想象，我也从最初的不以为然到现在的半信半疑。我掐灭烟蒂回到卧室，整整一夜翻来覆去，却始终没能理出个头绪来。

原来判断全林在撒谎，现在看来收银大姐说的那些话很多地方也有问题，有很多根本解释不通，也不符合逻辑，但他们在梦里却都看到了那张照片的奇怪现象。那个妮妮现在在哪？是否还在人间？莫非她真的出了意外，要用这种方式显灵？

我甚至开始怀疑自己是不是真的有过那次台湾蜜月之旅，我不敢再往下想了。好不容易熬到天亮，按照收银大姐当初留给我的那个电话号码拨了过去，却发现那是一个根本不存在的号码。这到底是怎么回事？我的头都大了，紧接着全林打电话过来说那些照片不见了，让整个事件又横生枝节。

全林告诉我，照片是刘艳删掉的，为这个他们夫妻之间还大吵了一架。我觉得这个时候有必要把那个收银大姐的猜测告诉全林，暂且权当那个收银大姐真的存在。于是，我还是如约来到全林家。

全林家不大，两室一小厅，我俩坐在客厅的沙发上开始了谈话。

我："你真的不知道妮妮现在在哪儿吗？"

全林："不知道，她失踪很久了。"

我："失踪？那你没找过她吗？"

全林："找了，但没找到，现在我也联系不到她。"

我："那你们俩到底出了什么事，最后为什么没能走到一起？"

全林有些不耐烦："因为她失踪了，所以我们没能走到一起，就这么简单。小穆，你别像审犯人似的好不好，你没那个权利，我也没义务什么都告诉你。"

我满腹狐疑地盯着全林，然后告诉他收银大姐的那个猜测。

全林听完后不禁笑着摇了摇头："简直是一派胡言！昨天我的确在梦里看到照片里的妮妮转过头来，可是，她的眼里不是仇恨，是爱，是无尽的爱怜。这个奇怪的现象我虽然解释不清楚，但说是我害了肖妮，那真是活见鬼了。"

我："世上本来就没有鬼，鬼只存在于人的心里。"

全林愤怒地站了起来："你什么意思？你怀疑我？"

说心里话，我确实怀疑全林，这种感觉在听说那张照片被删掉后格外强烈。我也站了起来，勇敢地面对全林那双满是血丝的眼睛。

我："是的，我怀疑你，你不觉得有很多事情你并没有完全说清楚吗？"

全林冷笑了一声："你不觉得你所说的一切更荒唐吗？"

我："别打岔，我问你，照片是不是你自己删掉的？害怕了是吧？你到底对妮妮做了什么？"

全林："哈哈哈，小穆，你别自作聪明了，你以为你是谁？你算个什么东西！你可以去报警，现在就去，让警察来抓我。我不怕的，我问心无愧。现在请你离开这里，我不想再见到你。"

第 五 章

峰回路转

全林又一次向我下了逐客令，没等我说完话就把我推出门外。

坐在回家的公交车上，我心烦意乱地回忆着刚才和全林的对话。渐渐地，前面坐着的一对年轻男女吸引了我所有的注意力。他俩看起来像是情侣，一边共用一副耳机听着音乐，一边耳鬓厮磨地说着悄悄话。很多年前，我和一个女孩也这样听过音乐，那时我们用的还是 CD，两个人的耳朵里飘荡着同一首歌，那种感觉太美妙了。

我们一起听过《最美》《彩虹》《他一定很爱你》《月光》……不论我们一起听什么歌都是那么好听。与眼前这对年轻男女不同的是，我们只是静静地听，不说一句话。有时我会偷看一下她的侧脸，偶尔正巧撞上她的眼眸，我会赶紧把目光移开，心里乱成一团脸上却故作轻松。

在那段幸福时光里，在那趟老旧的公交车上，我们每天都要重复这样的轨迹。终于有一天，从CD里传来这样的声音："每天最开心的事就是亲手为你戴上耳机，每天最沮丧的时刻就是你摘下耳机还给我的那一刻。我时常会想：有没有一首歌可以让我们一直听到永远呢？现在，我终于找到这首歌了，它的名字叫L—O—V—E。你愿意和我一起听这首歌吗？如果你愿意，一会儿下车的时候我们不摘下耳机好吗？"下车时，她真的没有摘下耳机。我成功了！那个瞬间，仿佛整个世界都明亮了起来……

回到家后，我发现全林QQ把我拉黑了，这个家伙还挺有脾气的。我在电脑前正琢磨着，我的妻子不知道什么时候来到我身后。

妻子："亲爱的，发什么呆呢？"

我先是惊了一下然后掩饰道："哦，没什么，想公司的事呢。"

妻子："别蒙我了，别以为我不知道你脑子里都想些什么，从台湾回来后你就不正常。"

我苦笑了下："有什么不正常的？"

妻子："我看你就是魔怔了，一个台湾人说得那么邪乎的事你还当正事儿办呢！"

我："如果那件事是真的呢？"

妻子："反正我不相信，谁信谁的脑子就是被驴踢了。"

妻子随即发出了银铃般的笑声，可我却一点都笑不出来。

现实生活中有太多事情用常理是无法解释通的，甚至有很多事根本就没有结尾，就像眼下那张照片的事。不知道我能不能找到这件事的最终答案，但真心不希望最后的结果是给它加上一个开放式的结尾。

全林的态度让整件事情的调查再一次面临绝境。怎么办？是到了该放弃的时候了吗？随后的几天，我在心里一直问着自己，本来这件事和我也没有任何关系，妻子也一直不太赞成我插手这件事，看到我终于消停了还挺高兴。但一连几天晚上我都做着同样一个梦，那个叫妮妮的女孩在照片里真的转过身来。她眼睛看着的方向不是全林和那个台湾人，而是我，她的眼神里充满了孤独、哀怨，她在向我乞求什么吗？总感觉有一股无形的力量在牵引着我：一定要搞清楚这件事情的真相。可是，现在的我又能做些什么呢？思来想去，我决定给全林发一条手机短信，最后再努力一下。

"全林你好，很遗憾，在我的 QQ 上再也看不到那个可爱的小女孩了。如果我没有猜错的话，那个小女孩应该就是你的妮妮吧。虽然我对你们的事并不完全了解，但我能够感觉到你对妮妮的那份深情。毫无疑问，我是一个彻头彻尾的局外人，是一个偶然的机缘把我卷入到这件事中。别说你了，连我自己有时都不敢确信遇到的这些事真的发生过。可是，事到如今，我对这件事的关注已经不能简简单单地用‘好奇’两个字来形容了。凡事必有因有果，我并没有恶意，更多的还是希望通过你和我，我们一起共同努力来找出事情的真相。”

短信发出去了，却如同泥牛入海一般没了音信，一天、两天、三天、四天过去了，终于在第五天的晚上，我上QQ时显示有人申请加好友，一看，正是gjgcsw。可是添加成功后，全林却一直没和我说话，但是我相信他主动要求加好友肯定是有话要对我说，所以一连几天我都在网上等着他。

这天晚饭后，我又来到电脑前，登录QQ后查看了一下好友状态，全林没有上线，小丫头头像是灰色的。在小丫头头像上面还有一个灰色的头像，头像右边的名字很好听——尘菲，尘土的尘，芳菲的菲。我很奇怪QQ是按照什么样的规则来排列好友的，竟然把全林和尘菲排在了一起。

尘菲，这个让我刻骨铭心的女人。很久以来，我都把她刻意地藏在内心最深处的一个角落里，不去触碰。每次登录QQ都会故意忽略她的存在，有时却又忍不住去关注她，她的头像好久没亮过了。我正想着心事，全林的信息却在这时跳了出来。

全林：“犹豫了很久，还是决定加上你。”

我：“为什么要犹豫呢？”

全林：“已经过去很久了，好不容易才从那个阴影里走出来开始新生活。说真的，我不愿意回忆过往的那些事，虽然很难忘，但同时也伴随着痛苦。"

我："可最后你还是选择了重新加我为好友。"

全林："是的，因为我也非常想知道妮妮现在的情况，也希望她能平安无事。"

我："你真的联系不上妮妮了吗？"

全林："是的，我试着用了很多种办法，都没用，所有的联系方式都找不到她，她就像人间蒸发了一样。"

我："哦！"

全林："我现在所能做的就是把和妮妮发生过的一切事情都告诉你，如果你有办法找到妮妮的话，一定要告诉我她的情况。"

我："好的，没问题。"

全林："请原谅，我只能用 QQ 聊天这种方式，刘艳的态度想必你也知道。"

我："没关系的，可以理解。"

全林："小穆，我相信你之前和我所说的一切。同时，也希望你能相信我，不要总是戴有色眼镜看我！"

我："OK。"

第 六 章

因为爱情（一）

全林：“妮妮的全名叫肖妮，我和她是中专同学，说起来认识也有十来年了，但相恋却只有短短的两年时间不到。学生时代我和她的关系就很好，那时肖妮给我的印象是开朗、阳光、热情、乐于助人，个子很高，非常爱笑，家庭条件优越，却一点都不娇生惯养。我认定她是一个值得用一生去交往的异性朋友，但也仅此而已。怎么说呢，那个时候的我比较孤傲，小学和初中时代学习都比较好，从来没有想到会到中专里去。对中专的那些同学比较排斥，和所有人都保持着距离，肖妮算是走得比较近的，但也仅仅局限在学校里，课余时间从未有过任何接触。但不可否认，肖妮确实是一个非常不错的女孩。

“1999 年毕业以后，我俩基本上就没有什么联系了，最多就是过年的时候打个电话问候一下。她在 2003 年就结婚了，2005 年生的儿子，这期间我们俩就像两条平行线一样没有任何交集，一直到 2008 年 1 月。因为偶然拨错了号码，我和肖妮又意外联系上了，并且还见面一起吃饭。从交谈中我了解到她离婚了，虽然还是一如既往地爱说爱笑，但明显比以前忧郁了很多。

“对她的离婚我并不觉得意外，之前就知道她和那个人是通过她父母介绍认识的，相处时间不长就结婚了，感情基础并不稳固。她一直都是一个听父母话的孩子，太可惜了，那么好的一个女孩就这样离婚了。从那以后，我们一直保持着联络。我对男女方面的事比较古板，甚至很少单独和异性接触，也从没谈过恋爱，和女孩子交往一般都会保持一定的距离，可以说比较封闭。但对肖妮却不一样，因为以前关系就很好，况且她还是离婚的，觉得不可能发生什么事，所以和肖妮在一起我完全是开放式的状态，没有任何的遮掩。这让我觉得很轻松，不需要任何哪怕一点点的伪装。

“很多时候，异性之间的感情通过一些小细节就能表现出来，比如说无论遇到什么好吃的、好玩的或是好看的衣服，肖妮都会第一个想到我，也可以说她完全是按照我的标准去搜索这些东西。那时我在报社做编辑，下夜班都在十一点以后，每次她都会在接到我安全到家的短信后才会睡觉……

“慢慢地，我发现肖妮对我并不是单纯的友谊，而是有着很深的爱。这种爱早在中专时就已发芽，一直深埋在心底，她之前自认为不会有结果了，如果不是因为已经离婚了，她永远都不会在我面前表露出来。

“而我呢？即便是在那个时候，我对肖妮依然不是爱情，更多的是一种感谢，感谢她这么多年后还能对我如此深情。所以在和她的交往上，我采取的态度是尽可能多的和她在一起，除此之外我没有任何东西可以去回报她的厚爱。但是，现在看来这种做法不一定是对的，直接的后果就是我自己也陷了进去，既害了我，也害了她。

“那是一段幸福而美好的时光，我一辈子都不会忘记。我们一起逛街，一起看电影，一起去品尝各种美食，一起徒步，一起旅游……人民广场、西安路、和平广场、星海广场……这个城市的每一个角落几乎都留下了我们的足迹。

“我们经常把约会的地点定在西安路，每一次约会结束后我送她回家，为了能多在一起待一会儿，我们都会从西安路一直步行走回肖妮位于马栏广场的家。当时报社的效益不好，长期拖欠工资，我不是很宽裕。我们一起消费金额较大的时候总是肖妮抢着付账，而花费较少时她会有意让我来付，以维护我作为一个男人的尊严。渐渐地，我发现自己对肖妮的感情产生了微妙的变化，我总是会在心里思考着这样一个问题：一个错误的代价到底有多大？真的不可挽回吗？肖妮热情、善良，别人有事求到她，她就算自己办不了也会问遍所有的朋友，想尽一切办法帮忙。这么好的一个女孩，为什么不能一起相守到永远呢？我常常回忆我们俩学生时代的点点滴滴，后悔当时为什么只顾赶路而没好好欣赏风景。不可否认，我已经爱上了肖妮。虽然思想上也纠结过、矛盾过，但沐浴在肖妮为我营造的爱河里，我真的无法自拔了，只能尽情享受着肖妮对我那无尽的爱恋和温柔。

“我这个人脾气不是太好，还有些大男子主义，对肖妮的要求很苛刻，有时甚至会当众训斥她。她不仅没有怨言，而且看到我不高兴，还会想尽一切办法逗我开心。如果哪天赶上我有个头疼脑热的，那她一整天干什么都像丢了魂儿似的。借一句现在流行的话就是：‘我若安好，她那里便是晴天。’她亲口对我说过：‘你就是我的天，我已经失去自我了。’

“有一次，我因为一件小事对她发了很大的火，还转身跳上了公交车。她没追上我，连忙坐上出租车提前在我下车的那一站等着我。我一下车，她立即冲上来从后面抱住我，一个劲地向我赔不是。还有一次，在饭店里我对她黑脸，众目睽睽之下，她起身走到我跟前，俯下身子向我道歉。”

我忍不住打断全林的话问了一句：“她那么爱你，当初为什么没追求你呢？”

全林：“她一直都觉得我不会喜欢她那种类型的女孩，其实以前我也是那么认为的，结果世事难料。还有一个主要原因是后来我搬家了，那时我既没手机也没告诉她新家的电话号码，她彻底联系不上我了。”

我：“呵呵，看来你们也是没缘啊！”

全林：“也许吧。肖妮在那个人之前还交往过一个男朋友，是她读夜大时的同学，她当初之所以和那个同学交往，一方面是因为那个同学非常狂热地追求她；另一方面，也是最重要的原因，那个同学的名字和我一样，也叫全林。可以这么说，这个世上不会有第二个女人会像肖妮那样对我那么好；这个世上，女人对男人最好的程度就是她对我那样。”

这时电脑屏幕一下子黑了，仔细一看才发现原来是我的脚不小心碰到了桌子下的电源按钮。已是深夜十二点半，我和全林的聊天暂时停在了这里。那一夜，我终于没再梦到肖妮在照片里转身，不是因为睡得好，而是因为彻夜难眠。我始终想不明白，全林有什么好，值得肖妮那样对他。即使肖妮离过婚，也不至于那样卑躬屈膝。我见过全林几次，无论是相貌还是气质都是很普通的一个人，除了会写点文章外，看不出来一点人格魅力，性格还有些古怪。

也许唯一的解释就是情人眼里出西施吧。爱情就是这样奇怪，有时候，同一个女人在不同的恋人面前会有完全不同的表现，个中原因并不是女人善变，而是完全取决于爱还是不爱或者爱的程度。因为深爱，所以可以无视你的一切缺点；因为不爱，所以视而不见你的所有优点和全部付出。肖妮恐怕就是这样吧，我很期待全林对这段爱情的继续讲述。可是，我还没等到他的下文，却意外地先等来了刘艳打来的电话，她约我在她工作的银行附近的一家咖啡厅见面。

第二天中午，我如约而至。必须得承认，坐在我对面的刘艳是非常美丽的，高挑的身材，清秀精致的五官，身上散发着浓郁的书卷气，尤其是在一身银行制服的衬托下，更加凸显出她那特有的高贵气质。全林真是走了狗屎运，竟然有这么出众的妻子。

刘艳淡淡地说道："我知道你和全林正在调查一些和肖妮有关的事情。"

我："你也知道全林和肖妮的事？"

刘艳："嗯，我全知道。小穆，我能向你提一个请求吗？"

我："什么？"

刘艳："我希望你不要再拉着全林继续查下去了，至于你自己怎么做，我管不着。"

我："为什么？"

刘艳没有回答我，而是低头用手中的小勺不停搅动着杯子里的咖啡，场面一时有些冷。

我："你是不是知道些什么？能和我说说吗？"

刘艳慢慢抬起头来，眼睛里竟然泛着泪花。

刘艳激动地说："小穆，算我拜托你了，不要再让全林参与进去了好吗？"

我：“为什么？总得给我个理由说服我吧。”

刘艳：“我和全林好不容易才走到了今天，我不想前功尽弃。”

我：“这是什么意思？”

刘艳把目光投向窗外，悠悠地说起了她和全林从相识到结婚的过程，没想到却是另一段让人心酸的爱情。

“我和全林是经人介绍认识的，我们第一次见面他就把以前和肖妮的事全都告诉了我，没有丝毫的隐瞒，并且直言不讳地对我说，他相亲的目的是为了父母，在感情方面他曾经忤逆过父母，再不能伤害两位老人了。所以在那段时间他不停地穿梭在父母为他安排的各种相亲见面中。

“我欣赏他的坦率和诚实，并且非常尊重他和肖妮的那段感情。很荣幸，我成了他相亲的最后一站，我对他有好感，他也选择了我。选择我的原因我是后来才知道的，小穆你知道是什么吗？居然是因为我和肖妮的身高一样，都是一米七五，我不知道是该高兴还是该悲哀。他对肖妮的感情很深，你可能也看到了，至今他 QQ 头像还是肖妮小时候的照片。我们就这样开始了甜蜜而又痛苦的爱情之旅。说甜蜜是因为结果是完美的，说痛苦是因为从一开始我就是一个符号，一个替代品，一个影子。只要是和肖妮一起去过的地方，全林绝不会和我一起去，只要是为肖妮做过的事，全林绝不会为我做。全林甚至直截了当地告诉我，他会把很多唯一都留给肖妮，希望我能理解。可是我怎么能理解呢？这对我来说太残酷了，为什么对别的情侣来说很容易的事，在我这儿就那么难？有哪个女孩能容忍自己的男友这么怀念前女友？

“不过，我都忍下来了，因为我爱全林，而且是很爱很爱，这种爱绝不比肖妮少。即便是后来我们结婚了，感情已经很深了，在气氛非常好的时候，我会趁机提一些诸如让他换 QQ 头像、一起逛西安路之类的要求，可无论之前多愉快，全林都会断然拒绝我甚至翻脸走人。这些细节让我明白，肖妮是全林心目中永远的圣地，在这座高不可攀的圣地面前我做什么尝试都是徒劳的，无论我怎么做，在全林的心里永远不可能超越肖妮。但这并不妨碍我对全林的全心全意。我相信，用我这颗真心全心全意地守护在全林的身边，时间久了，全林一定会在心里真正接纳我的。事实证明，我成功了。虽然在全林的心里可能我永远都只能排在第二位，但我已经很满足了，因为我是要和全林相守一生的那个人。

“随着时间的推移，全林也会顾及我的感受，有意识地淡化肖妮，甚至是绝口不提。我们两人仿佛达成了默契，有关肖妮的任何话题都是禁区。虽然在全林的心里始终都没有忘记肖妮，但在我们的生活里，至少表面上已经没有了肖妮的存在，我们结婚了，而且很幸福。可是，这一切都被你打破了。从全林一整天翻看着以前和肖妮一起拍的那些照片开始，我知道，我的噩梦又要开始了，看到他对着那些照片魂不守舍的样子，我都要发疯了。所以，我删掉了那些照片，为此全林还对我发了很大的脾气。我不关心肖妮现在到底怎么样了，这和我没有任何关系，可能我有些自私吧。我只是想和全林安安稳稳地过日子，这没有错吧？所以我求你了小穆，别再打扰全林了行吗？”

此时刘艳已经泣不成声了。说真的，她让我很感动，真没想到在这美丽外表的背后，还有那么多的付出，又有谁敢说她是一个自私的人呢？在我眼里，她的心胸比海还宽广，恐怕能支撑这种胸怀的唯一源泉只能是爱了。对于一个男人来说，一生能遇到两个深爱着他的女人，足矣。

想到这儿，我忍不住心生感慨：“全林啊全林，你有何德何能来享受这份福气！”同时我也替刘艳感到有些不值，她自己说得没错，她只是一个替代品而已。有时候爱情本身就是一种符号，每个人都有可能是别人的影子，很多人都逃脱不了这样的宿命。我开始犹豫要不要答应刘艳的要求。可是，如果答应她了，这件事还能找出真相吗？我这是怎么了？怎么对继续调查这件事产生动摇了呢？

我：“据你所知，他和肖妮是为什么分手的？”

刘艳：“听全林说肖妮突然失踪了，全林就再没能联系上。”

看来刘艳知道的也只有这么多了。随后我和刘艳相对无言了很久，她在等待，我在思忖。最后在刘艳那充满期待的目光下我答应了她的要求，不再让全林插手这件事。

第七章

恐怖再现

可是事情在当天晚上却发生了戏剧性的大逆转，让我又改变了主意，因为那张照片又神秘地再一次出现了。

那天晚上由于加班，我八点多才回到家里。一进门发现妻子的闺蜜桃桃和小薇也来了，妻子和她们正聚在电脑前看照片。

“亲爱的，你回来了，快过来帮我看看，这张照片是在什么地方拍的来着？我怎么想不起来了。”妻子招呼我过去，我上前一看，原来是去台湾时照的那些照片。

“哦，这是中台禅寺，你当时还说怎么寺院里会有机器猫的石像。”

“哦，对对对，想起来了。”

接着妻子继续一张一张边切换边介绍着。突然，电脑上出现了全林和那个台湾人在101大厦拍的那张照片，肖妮的背影显得格外醒目，甚至有些刺眼。我大吃一惊，感觉自己的每一根头发都竖了起来，这怎么可能呢？它怎么会出现在我的家里？此时，妻子正侧着头向俩闺蜜说着上一张照片的内容，还没看到屏幕上的变化。我赶紧用脚踩了地上的插排电源按钮一下，说时迟那时快，等妻子转过脸来的时候，电脑屏幕已经黑了。万幸万幸，可千万不能让她看到，本来她就说这事挺邪乎的，如果她看到了，不吓得半死也差不多了。

“哎呀！亲爱的，你是怎么搞的？”

我急忙赔不是：“对不起对不起，老婆大人我还没吃饭呢，快给我弄点吃的吧，饿死了。”

这事就让我这么给岔了过去，等客人们走后，妻子睡下了，我一个人又悄悄地打开电脑。我在心里暗暗祈祷：那张照片不存在，刚才看到的一切只是我的幻觉。可结果却没能遂我的愿。那张照片真真切切地躺在我的电脑里，虽然有心理准备，但当我再一次看到它时还是感到毛骨悚然。

这到底是怎么回事？我的脑子彻底乱了套。我不敢删掉照片，而是把它藏在电脑里的一个只有我自己知道的角落里。那一宿注定又是一个难眠之夜，直到天快亮的时候我才勉强睡着。在梦里，我再一次看到肖妮在照片里转身的场景，不同的是，这一次肖妮的脸上写满了愤怒，她向我咆哮着，喊的什么我却听不到。

第二天在公司我全然不在状态，中午时本想着好好睡一觉，可刚一睡着，我就发现自己已经置身在另一个世界里了。仔细一瞅，这不是在台湾中台禅寺的四天王殿吗？只见整个大殿空无一人，显得格外空旷，就在这时，一个看起来七十多岁身材颀长的大头和尚健步从外面走了进来。我有些不知所措地看着大头和尚一步一步向我走近，大脑同时在高速运转着：这个老和尚要干什么？难道他就是收银大姐说的那位法师？

这时大头和尚已在我面前站定。

大头和尚声如洪钟：“施主请随我来。”

我不明就里，只得依言行事。不多一会儿，大头和尚把我引到一间小屋里，屋内的四面墙壁上挂着一些清末和民国时期的照片。

大头和尚：“施主请看这些照片，上面的人是不是看起来有些丑陋？”

我茫然地点了点头。

大头和尚：“那个年代的照片大多都不好看，连清宫里王公大臣们的照片也是如此。其实这本不是缘于他们的样貌不堪，而是缘于恐惧。”

我：“恐惧？”

大头和尚微微一笑道：“他们害怕照相时那个冒烟的东西会把他们的魂儿带走。”

话一说完，大头和尚的嘴角掠过一丝诡异的笑容，同时用意味深长的眼神望着我。

我用了大概一分钟的时间回味大头和尚最后说的那句话，之后刚想开口再向他询问什么，不料，大头和尚的形象却逐渐开始模糊起来，直到我从梦里醒来。

连续做的这两个怪梦有什么更深层次的寓意？也许是肖妮在怪我，不该放弃寻找真相，用这种方式来警告我。这是我对两个梦和那张照片天降我家唯一想得通的解读，而且我有一种非常强烈的感觉：肖妮已经不在人世了，全林是我通往真相的必经之路。

我把照片离奇出现还有刘艳找过我的事一并告诉了全林，并通过 QQ 把那张照片又传了一份给他。电脑那头的全林沉默了很久，我不知道他的沉默是因为照片还是刘艳，也许两者都有。

我率先打破了沉默：“事情似乎越来越复杂了。”

全林：“是的。”

我：“我能理解刘艳的心情和你的处境，具体的事由我来办，你把你所知道的都告诉我就可以了。”

那头又是一阵长时间的沉默。

全林：“你误会了，我不是想抽身走人，而是越来越担心肖妮的安危了。咱们言归正传吧。”

我：“好的。”

第八章

因为爱情（二）

全林："今年冬天的雪真多啊！2009年的12月也是这个样子，我和肖妮就是在今天这样的雪天见的最后一面。我记得那天我们一起去西安路大连影城看的电影《十月围城》，一切就好像发生在昨天一样，没任何征兆。我们就像平时一样，就连分手的时候都是那么亲切自然，但那确实是我们最后一次见面。

"从那以后，肖妮就从我的生活中消失了，虽然我想尽一切办法，做了最大限度的努力去找她，但都无济于事。对不起，可能是因为外面在下雪的缘故，我的思维有些跳跃，还是接着上次没讲完的讲吧。

"我和肖妮的这段感情遭到了我父母的强烈反对。他们用各种办法来阻止我和肖妮交往，但这对已经深陷爱河的我们来说没有任何作用。我在报社做夜班编辑，肖妮在银行柜台做柜员，两天一休，我们一般都会利用白天时间约会，这让我父母很难控制。

“其实父母的反对不算什么，早就在预料之中。最大的阻力是肖妮，她一直都觉得配不上我，总是摇摆不定，时常会有退缩的念头。那段时间的我很辛苦，毫不夸张地说是‘腹背受敌’。印象最深的一次是2008年的12月31日，肖妮对我说：‘你的辛苦让我心疼，我们还是做普通朋友吧。’当时我情绪很低落负气答应了她。我们相约把那一天当作我们作为恋人的最后一天，过了那天就做普通朋友。我们晚上一起到西安路大连影城，也就是现在的华臣影城看通宵电影。至今我还清楚地记得，她把头靠在我的肩上整整一个晚上都在流眼泪，只说了一句话：明天的早晨慢一点来吧！

“新年的早晨还是如期而至，我们并没有分手，我和肖妮彼此之间都太割舍不下对方了。后来，类似的事也出现了几次，结果都一样，我们根本就分不了，还是在一起。我希望能得到父母的认可，但那很难，他们的态度相当强硬，也是人之常情。我也想不到什么解决的办法，于是就一直那么僵持着。

“后来事情出现了意外的转机，也付出了相当沉重的代价。由于常年上夜班，生活不规律，我的身体并不太好，尤其是有胆囊炎，经常会犯病，一疼起来那不是常人能够忍受的。那段时间因为心情压抑，犯病的频率很高。有一次又犯病了，还发起了高烧，直接就住进了医院。那次发病严重到双手抖得连电话都打不了，由于事发突然，没来得及通知肖妮，也没有人告诉她，父母也顺势封锁了肖妮和我的联系。

“2009 年情人节是一个周六，我躺在病房里，手上打着点滴，情绪低落到了极点。一个小护士走进来给我拿来一盒巧克力，告诉我说是一个高个子女孩让她转交给我的。盒子上贴了一张字条，上面写着：不知道这样算不算是一个惊喜，要快点好起来啊！一看笔迹就知道是肖妮送过来的，当时的心情真是五味杂陈。后来我才知道，肖妮联系不上我，也想不出别的办法，就一家医院一家医院地挨个找，最后终于在铁路医院找到了我。因为病房有我家人在，她不能进来，就站在外面远远地看着我，看了很久才离开，最后是哭着走的。

“不过，那次犯病让我父母对我和肖妮交往的态度出现了一点点松动，但并没有完全接受肖妮。他们真正接受肖妮是在两个月之后，我又一次犯病，那次更为严重，已经到了胆囊必须切除的程度。也正是由于这个原因，我父母向我妥协了，为了我的身体健康，他们决定成全我和肖妮，不再和我继续斗争下去。

“肖妮和我父母的第一次正式见面，是在病房里。至今我都忘不了肖妮那战战兢兢的样子，虽然我父母特别是我妈妈对肖妮很冷淡，但我们也算是取得了突破性进展。在医院做胆囊切除手术的那段日子，借用一句话来说就是：痛并快乐着。白天妈妈照顾我，肖妮下班后过来，我们一起吃饭，晚上肖妮留下来陪护。前后一共 46 天，是她们两个在病床前一起伺候的我，我身体的每一个细微的变化都牵动着她俩的心。尤其是肖妮，一边照顾我，一边还要看我妈妈的脸色，非常辛苦。

“肖妮对我无微不至的照顾和忍辱负重的态度最终还是感动了我的父母。到最后出院时，他们已经完完全全从心里接纳了肖妮。能有这样的结果，我的这场病也病得值了。

“我们的爱情之花终于绽放在 2009 年的夏天，我自认为谈了一场轰轰烈烈的恋爱，并且比所有电视剧里的爱情都更动人心扉。肖妮表面上也很开心，但我察觉到她时常会流露出忧郁的神情，我隐隐约约感觉她有什么事瞒着我。直到 8 月的一天，我偶然发现了肖妮一个惊人的秘密……”

第 九 章

噩梦降临

聊天突然在这里中断了，我不知道全林那边出了什么状况，打电话过去一直没人接。我心里猛然一紧，突然有些担心全林。就在这时，有电话进来，接听后发现是刘艳。

“你太不守信用了，小穆。”刘艳的声音明显带着哭腔，紧接着又对我一阵劈头盖脸的指责。原来刘艳发现了全林和我的聊天，他们俩又为这件事起了争执。这次争执的直接后果是全林没有再向我透露一个字。

晚上临睡前，妻子也对我发了火，因为她在和我说话时，我由于走神儿没有回应。妻子怒吼：“太过分了，你心里是不是只有那张照片？”

"怎么还发起火来了呢？亲爱的。"我讪笑着说，同时伸手去抚摸妻子的脸，准备哄一哄她。没想到妻子一下子把我的手推开了。

妻子愤怒道："从台湾回来就一直在忍你，现在竟然发展到连句话都不愿和我多说了。你有没有考虑过我的感受？"

我实在是没太多的耐心去哄妻子，也不想和她争吵。干脆翻了个身，用后背来面对妻子的喋喋不休。

妻子："为什么不说话？你就是用这种方式来解决问题吗？"

我欠身把枕头抽出盖到耳朵上，不过，妻子的声音还是钻了进来。

妻子："别把你自己太当回事儿了，人的生老病死都是有定数的，不是你人为可以左右的。你所做的一切都是徒劳的……"

其实妻子说的是实情，从台湾蜜月回来以后我就一门心思调查那张照片的事，是有些冷落她，新婚燕尔这样做也的确有些说不过去。可我也没办法，仿佛得了强迫症一样一定要调查出事情的真相。

此后几天夜里，我总能梦到肖妮在照片里转身，那令人心有余悸的一幕似乎成了我的梦魇，我深深地意识到，在这件事上我是逃不掉了。

全林的电话比某些人工客服还难打，好不容易打通了一次，却只说了一句："对不起，这段时间我挺忙的，等年后再说吧。"就把电话挂断了。

我不确定全林又一次出尔反尔，是为了顾及刘艳，还是心里有鬼？我更倾向于后者。于是我没有停止对全林的“骚扰”，他后来实在是被逼烦了，给我发来了一条很长的短信：“小穆，很抱歉我不能和你一起继续调查那件事了，我觉得总是这样的话对刘艳确实不公平。你别误会，做出这样的决定并不是因为刘艳的施压。其实一直以来，我的心里也是很纠结的，不知道到底该不该参与调查。不管是对肖妮还是刘艳，我都有很多的愧疚。既然命运选择让我和刘艳在一起，那我就应该好好珍惜这份来之不易的感情，不让未来再有遗憾。刘艳不管是作为女朋友还是妻子都是非常称职的。坦率地说，原本我没想到除了肖妮之外还会有另外一个女孩能走进我的内心，但是刘艳做到了。我已经让她受了很多的委屈，真的不能再伤害她了，希望你能理解。”

看完短信我差点没把手机摔了，这叫什么话？为了现在的妻子就可以不管前女友的死活？！也许爱是自私的，可全林自私得有些过头了，我更愿意把他所说的这些当作是退却的借口。即便如此，我还是压住火气给全林回了一条短信：“没关系，不管怎么样，你这个朋友我是交定了。如果我最后真能搞清真相的话，一定第一时间告诉你结果。”我之所以这么回复，是因为我还有另外的打算。

第 十 章

再赴台湾

全林是指望不上了，我必须另寻他路。之前在银行的工作经历再一次派上了用场，银行这个圈子说大不大说小也不小。既然肖妮以前在一家银行做柜员，我相信，通过我之前的那些关系，肯定能找到一些线索。果然，传来了好消息。我在银行上班时的好哥们儿苏铁，现在正好是肖妮工作的那家银行的一个支行行长。

苏铁告诉我，他问了一下行里的人，从 2009 年年底开始肖妮就再没去上过班了，而且再也没有人见过她，联系家里发现已经完全找不到这个人了，连她的父母也不知所踪。从时间上看，和全林说的时间基本上是吻合的。但有一点非常不合常理，即使是肖妮遇到了什么意外，为什么连她的家人也一起失踪了呢？我百思不得其解。

苏铁答应我继续再详细了解了解情况，看看还能不能找到一些其他的蛛丝马迹。

就在我着手通过银行这条线调查时，老天却给了我另外一个机会。我是一家上市公司的证券事务代表，虽然2012年的股市比较低迷，但我们公司的股票在股市上的表现还是很不错的。到年底了，公司论功行赏，奖励我们部门出去旅游，目的地竟然是台湾。就这样，时隔三个多月，我又一次踏上了去往台湾的飞机。我要去那个叫三峡的小镇，去找那个收银大姐一探究竟。

全林说得没错，大连到现在都没开放到台湾的自助游，要去只能跟团。但我知道要想自由活动的话有一个办法，可以找一个当地人把我接出来。为此我专门提前找了一个在台湾有亲戚的同事帮忙，让同事的亲戚在我们行程的倒数第二天回到台北的时候把我接出来，这样我差不多就有一整天自由活动的时间了。

可是，这次的行程比上次还不顺，阿里山因为一辆载有16位东南亚客人的游览车失控翻车而封闭，再一次与我失之交臂。在路过中台禅寺时，我去找那个大头和尚，却被告知寺里根本没有这样一个人。想想也是，2001年才建成的中台禅寺怎么可能有那样的大德高僧，况且他本身就是在我梦里出现的人。那么收银大姐在中台禅寺找的那位法师又是谁呢？更为悲催的是，由于连续降雨，我们团被困在台中整整12小时。即便是压缩了行程，回到台北也已经快下午了，留给我的时间只剩半天了。我顾不上吃饭，立即坐上了开往新北市三峡镇的出租车。

台北和新北离得很近，在台湾一直有人提议将两座城市合并。车开了差不多一小时，当看到上次入住的福容大饭店时，我知道，离那个夜市已经不远了。

虽然入冬已经有一段时间了，但台湾比大连暖和得多，这里冬天的温度和大连 9 月份的温度差不多。新北地处台湾岛的北部，温度相对低一些，但大街上几乎全是穿短袖的人。当我的脚踏上三峡镇那个小夜市的土地上时，不由得感慨万千，三个多月前就是在这里遇到的那张奇怪的照片，三个多月过去了，发生了那么多诡异的事情，我又回到了原点，冥冥之中似乎真的有天意。

容不得我多想，还有更重要的事在等着我。那个夜市有点像大连太原街附近的成仁商业街，一条长街的两边全是小商店。那个小服装店很好找，走了不到五分钟就出现在我的面前。我迫不及待地走了进去，直奔收银台。坐在里面的却是一个中年男子，收银大姐不在，但当时见过的另外一个店员却在。

可万万没想到的是，他俩居然矢口否认收银大姐的存在，那个中年收银男告诉我，服装店开业四年多了，一直是他这个老板自己收银，雇的店员也都是些小姑娘，从没有什么中年妇女在店里工作过。对我叙述的事情，他们像听天书一样。另外那个店员对我说，每天进进出出的客人那么多，根本记不清我有没有去过。但有一点是肯定的，就是我所说的一切都是不存在的。任凭我怎么说，他俩的态度还是那样，到后来他俩看我的眼神就像在看一个精神病人一样。我彻底晕了，不知道是我的神经短路了，还是他俩在撒谎。

眼看再多说已经没有任何意义，我悻悻地走出小服装店，一个人漫无目的地在异乡的街头瞎走，脑子里像炸开了锅。从表面上看，那两个人不像在撒谎，他们似乎也没有撒谎的必要。可是，我之前的经历又怎么解释？太离奇了！简直匪夷所思！就在这时，几辆摩托车呼啸着从我身后冲了过去，吓了我一跳，台湾街头的摩托车总是这么多。这一吓反倒让我的思维清醒了许多，我忽然想到，那个服装店应该是有监控的，如果能把监控录像调出来看一看当天的情形，事情不就有希望搞清楚了吗？于是我又折回到那个小服装店。

在我的再三恳求下，店主终于同意了我的要求。幸好过去的时间不长，很容易就调出了 8 月 23 日晚上七点半左右的监控录像。这一看不要紧，我身上的衣服全被冷汗浸湿了。从录像上可以清楚地看到，当时我从进到店里选购到结账离开，前后用了不到五分钟的时间。而且坐在那里收银的正是眼前的这位店主，另外那个店员只是在我选购的时候说了几句话，此后我们再无任何交流。他们没有撒谎，的的确确没有收银大姐这个人。这怎么可能是真的呢？难道中邪了？在我的脑子里回放着这三个多月发生的一幕幕画面，它们都真实发生过吗？我希望这一切都不是真的，只是我的一个梦而已，梦醒了，就没事了。

第 十 一 章

意外惊喜

本想着再次去台湾能解开谜团，没承想却带着更大的问号回来，这次台湾之行让我后悔不迭。

回到大连后，我昏昏沉沉地过了几天，情绪慢慢平复了一些。这中间只做了一件和那张照片有关的事：通过 QQ 留言和手机短信两种方式，把在台湾的遭遇告诉全林。看不看是他的事，说不说是我的事。甭管他信不信，他都应该一起承受这些，至少到目前为止，他并没有摆脱嫌疑。全林没有给我回复，我也不奢望他能回心转意。但有的时候就是这样，东方不亮西方亮，在苏铁那儿意外传来了好消息，让整个事情的调查取得了重大突破。

苏铁那个支行有一个叫王明月的柜员曾经是肖妮的徒弟。2009

年年底的时候，还和肖妮一起住过一段时间，知道一些情况。

听到这个消息时我欣喜不已，第二天一早就迎着满天的飞雪来到苏铁的办公室。苏铁随即把王明月叫了过来。我让苏铁骗王明月说我是便衣警察，来了解点情况，这样的身份更有利于她把知道的都告诉我。于是，我和王明月开始了也许是对整个事件的调查最关键、最重要的一次谈话。

我："听说你以前是肖妮的徒弟？"

王明月："对，我是 2009 年大学毕业后到行里工作的，一进来就是肖姐带我。"

王明月的普通话不是太标准，夹杂了一些南方口音在里面，听起来感觉怪怪的。

我："呵呵，你不用紧张，就是随便聊聊。肖妮这个人怎么样，对她你了解得多吗？"

王明月："肖姐这个人挺好的，很随和，没有什么架子。虽然我是她徒弟，但对她我不能算很了解，毕竟我来得晚，和肖姐前后加在一起也就相处了三个多月。"

我："就以你们相处的三个月来看，她有没有什么不对劲的地方？"

王明月："那段时间她心情不是太好，有时候还会偷偷掉眼泪，具体什么原因我就不得而知了。"

我："她没和你说过什么原因吗？"

王明月："没有，在她眼里我就是一个小孩儿，怎么可能和我说呢。"

我："在行里她有没有关系比较好的同事？"

王明月："这还真没有，至少我是没发现。说起这个我还觉得奇怪呢，肖姐人那么好，但大家和她都不怎么亲近。反正她和行里的其他人没什么工作以外的来往，完全是两路人。"

我："后来你们住在一起是怎么回事？"

王明月："哦，其实总共也没几天。那时候我自己租了个小两室的房子住，为了减轻负担，想找个人一起合租，后来肖姐就搬过来和我一起合租了。"

我："她是大连本地的，有房子住，为什么要出来租房子？"

王明月："其实是个意外，我记得那天晚上都十一点多了，外面也像今天这样下着很大的雪，她突然到我那里，什么东西都没拿，就一个人来的，而且两只眼睛红红的。好像是和家里人因为什么事情闹翻了，具体什么原因她没说，我也没细问。正好当时我那里有地方，她就住了下来。"

我："住了多长时间？"

王明月："也没多久，就一个星期吧。"

我："后来呢？又搬走了？"

王明月："根本就没搬走，她是打算长住的，但很蹊跷，后来就再没见到她人。"

我：“为什么说蹊跷？你怎么确定她是要长住的？”

王明月：“前一天她还在往我们租的那个房子里搬东西，而且没搬完，还说第二天接着搬。”

我：“后来她怎么就不见了呢？”

王明月：“不知道，那天她说要回家收拾东西，就再没回来。”

我：“你和她就再没联系过？”

王明月：“联系了，可一直都联系不上。肖姐是不是出什么事了？”

问这话的时候，王明月的身体不由自主地有些向前倾。

苏铁在旁边瞪了她一眼：“不该问的别问。”王明月又缩回到沙发上，表情很是沮丧。

我：“肖妮不去上班，行里没什么说法吗？”

王明月：“开始的时候大家也没多想，就以为她有什么事请假了，后来大家猜测说她可能是辞职不干了，这事慢慢也就淡了。”

我：“你刚才说肖妮往你租的那个房子搬过一些东西？”

王明月：“嗯。”

我：“都是些什么东西？”

王明月：“一些衣服和被褥，再就是一些日常的生活用品，没什么贵重的。”

我：“现在还在吗？”

王明月：“在，我又搬了几次家，但肖姐的那些东西我一直都留着，放在一个纸箱里。”

我：“能拿给我看看吗？”

王明月点了点头道：“没问题。”

王明月没说谎，肖妮的那些东西里确实没有什么值钱的，但里面有两样东西还是引起了我的注意，被我带走了。那两样东西一样是一件绿色T恤，就是照片上肖妮穿的那件。另一样是一个密码本，看样子应该是20世纪90年代的，封面还是第一代青春美少女队，需要按对四位数的密码才能打得开，不知道里面什么内容。是账本，还是日记？或者根本就没有内容，是空的？由那张照片引发的一系列用常理难以解释的事情会不会通过这个密码本找到答案？全林和王明月都说是在2009年年底和肖妮在没有任何征兆的情况下突然失去联系的，那段时间肖妮身上到底发生了什么事？

我在心里盘算着该怎么打开密码本。使用暴力肯定能打开，但那是下策，到最后没办法了才能用，我想尝试着用温和一点的办法，通过密码来打开密码本。结果仅仅试了三次就成功了，我最后输入的密码是4个1，这并不是瞎碰运气，而是我知道全林的生日是11月11日。

密码本上有内容，而且很多，还是我最最希望看到的，是肖妮的日记。我迫不及待地翻看起来，寻找着我想要知道的一切。

第十二章

肖妮日记（一）

2008年1月28日

今天是这几年来最开心的一天，我竟然接到了全林打来的电话，我们还一起吃了晚饭。他还是老样子，说话时的神态、语气，甚至连发型都没变，像个老古董。呵呵，他没有结婚也没有女朋友。唉！可我呢？也许这就是命吧！我告诉了他我的事，他的表情很复杂，是在可怜我吗？我不希望他可怜我。

我们一起聊了很多以前上学时的事，要是能回到那个时候该多好！我真是粗心，在要告别的时候才发现他右臂上戴着孝。原来他的奶奶刚刚去世，他的心情一定很不好，我真该死，也没好好安慰安慰他。真讨厌，那个“鬼”又来烦我了。

2008年1月31日

都过去整整两天了，可我还是沉浸在喜悦之中，脑海里只有一个身影，我的全林。和他的重逢又勾起了我对那段青春岁月的美好回忆。这三个夜晚，即使是我有意识地不去想他，但只要一闭上眼睛，脑海里就会不停地自动回放着过去的那些画面。我仿佛又回到了从前，也许我对于全林来说只是一个同学而已，但全林对我却有着非常重要的意义，他几乎承载着我从少女时代以来所有的青春梦想。

真的很好笑，上学的时候我还替于森和李莉给全林传过情书，都被他拒绝了，要是真撮合成了，那我还不得后悔死啊！呵呵，不知道我是从什么时候开始喜欢全林的，只知道他对我有着一种特殊的吸引力，他的一言一行、一举一动甚至是一个表情，都会牵动着我的神经。

那个时候的我最喜欢做的事就是每天中午吃完饭后坐在他旁边听他谈天说地，他讲什么我都愿意听。连我一直都不喜欢的数学题经过他的讲解，也能让我的榆木脑袋突然开了窍，从此爱上了学数学。哈哈哈！

他这个人有点不食人间烟火，甚至可以说有些牛哄哄的，可我就是喜欢。在我的眼里，他很特别、沉稳、有思想、有才气，文章写得好，和所有的男生都不一样。虽然喜欢独来独往，性格有点孤僻，但我知道他的心里装的都是正经精神头儿。

那时晚上回到家，我总是会忍不住想：全林这个时候在做什么？他生活的环境是什么样子的？我难道就没有什么事情需要给他打个电话吗？呵呵，借口总是有的，电话里也总是那么短短的几句话，但已经足够我兴奋一个晚上的了。

可惜那个时候的我一直都不知道那种感情是什么，直到毕业了进入到社会后，我才知道原来那就是爱，可是我已经找不到他了。我也说不上来爱他哪一点，也许有些爱情正如歌里唱的那样“因为爱所以爱”吧，真正的爱情都是没有理由的。

全林是我有生以来唯一真正爱过的男人，即便是现在，我依然深深地爱着他。这一切全林都不知道，我也不想让他知道。把心里话都写出来感觉真舒服，只是这个夜晚我恐怕又要失眠了。

2008 年 2 月 2 日

今天是桐桐的三周岁生日，可我却一点都高兴不起来。那个“鬼”竟然反悔了，太无耻了，不知道这个畜生要折磨我到什么时候，可怜的孩子，都是妈妈不好。

2008 年 2 月 14 日

我不是在做梦吧，这个情人节的晚上竟然是全林和我在一起。我们一起去一心烤肉美美地吃了一顿，店里的人太多了，还好我提前去占了位子。

虽然在全林面前我装作是无意间的巧合，但在这里我必须得承认，我是故意在今天这个特别的日子约他出来的。早就提前策划好了，理由也很充分，作为上次他请我的回请。哈哈，全林这个孤家寡人从来都不过这个节日。这一生能有一个情人节是和全林一起过的，我已经很知足了。

2008 年 2 月 19 日

都十一点半了，全林怎么还没下班啊！总是这样黑白颠倒的，身体怎么吃得消，真让人心疼。桐桐病了，一下午都在医院里陪桐桐打点滴，感觉身上很乏。谢天谢地，全林安全到家的短信终于来了。

2008 年 3 月 9 日

真奇怪，下午和全林在一起的时候一点都没觉得累，现在却感觉两条腿像灌了铅似的。我们从兴工街走到了和平广场，又从和平广场一直走到马栏广场，和他在一起的感觉真好，就是时间过得太快了。

2008 年 3 月 16 日

唉！又睡不着了，最近总是这样。只要是要和全林见面了，就会让我很兴奋，整个人一整天看什么都觉得那么舒服、那么顺眼，就好像到处都是阳光。明天我要请全林去吃筋头巴脑锅，刚开业的，最近挺火的，他那么爱吃肉，肯定会喜欢的。刚才和他通话的时候我犯了一个错误，我告诉他，只要我发现有什么好吃的东西第一个想到的人就是他，他马上问我是从什么时候开始的，一下子就把我给问住了，最后我勉强回了一句“拒绝回答这个问题”，就赶紧把电话挂了。我真笨，全林那么聪明，不会发现什么了吧？但愿不会。

2008 年 4 月 20 日

讨厌的马拉松比赛，差点害我没见成全林。本来和全林说好了在新华书店见面的，结果上午出门才发现因为马拉松比赛居然封道了。但心是封不住的，我打了辆摩托过去。这事儿绝不能让全林知道，嘿嘿，他最讨厌摩托车了，总是说太危险。全林那边也是因为封道的原因坐另外的公交车绕道走的，迟到了将近一个小时。但这都没关系的，只要能见到他，多久我都愿意等。今天约他见面的借口是帮我选书，下一次呢？我得好好想想。

2008 年 5 月 9 日

和全林在 QQ 上聊了一个晚上，在他有意识地不断追问下，我全招了。其实通过这段时间的交往，他已经感觉到我对他的感情了。也怪我表现得太明显了，我也知道该收敛一些的。可是，感情方面的东西又怎么能控制得住呢？我就是想对他好，把一切好的东西都给他。藏在心底十年的秘密全说出来了，我却一点都不觉得轻松，反而心理负担更重了，不知道再和全林见面的时候该怎样面对他。

2008年5月17日

今天是大连国际徒步大会，我们银行和全林工作的报社都参加了。早就和全林说好了，跟着单位走一会儿就脱队，在星海广场的那个桥边会合。见到他的时候我有一点不好意思，不过还好啦，他一副若无其事的样子，没让我太尴尬。这还是我们头一次一起参加徒步大会，我们俩和那么多人一起走，那种氛围，那种感觉，太惬意了。

走到燕窝岭的时候，看着远处的大海，全林突然问我，如果他和桐桐同时落海，我会先救谁？我说我先救桐桐，因为全林会游泳。全林笑了笑，说这是人之常情。从那时开始，我们一起默默走了很久，情绪都不高，直到他要替我背背包才打破了沉默。我们一直走到了南石道街，对了对了，在快到南石道街的地方有一座庙，里面修了个水池，水里蹲着一个石头青蛙，很多人都往青蛙身上投硬币，说是投上了有好运。我让全林也试着投了一枚硬币，结果硬币不偏不倚竟然正好落在青蛙凸起的鼻尖上，连旁边的人都惊呼这是奇迹。全林真是太棒了，在我眼里他一直都是这样的，希望他一生都能有好运。

2008年5月21日

那个该死的“鬼”又给了我沉重的一击，不过这样也好，能让我更清醒一些，不能再这样下去了，我不可以再和最爱的全林见面了，要控制自己。

2008年7月22日

已经两个多月没见到全林了，不知道他过得好不好，有没有奇怪我怎么突然不和他联系了。

全林，你知道吗？虽然这段时间我们没有见面，但我无时无刻不在想你。虽然和你在一起是我最最幸福的事，但我不能耽误你的时间，为了你，我一定要好好控制我自己。

2008年7月25日

这段时间看了一本书，名叫《致我们终将逝去的青春》。本想以此来转移注意力，没想到却更想念全林了，郑微、林静，我、全林，应该是有可比性的吧？！可惜我不会写书。

2008年8月2日

没想到潘涛能干出这么下流的事，还一直把他当好哥们儿呢。他怎么可以那样做呢？！生病住院了我去探望，不管有什么困难我都尽自己所能帮忙，说今天过生日我还给他买了礼物，竟然对我动手动脚，把我看成什么人了，太恶心了。这么多年我怎么就没看出来呢，真是瞎了眼。他竟然还有脸打电话求我原谅，怎么可能！没把他送公安局算便宜他了，我永远都不想再见到他了。这个世界上只有全林一个好男人。心情非常不好，格外想念我的全林。

2008年8月4日

我是不是做错了？不该告诉全林的，没办法，在遇到麻烦的时候我脑子里第一个想到的人就是他。都怪那个该死的潘涛，要不是他又到银行来纠缠我，我也不会给全林打电话的。不过，看到全林那么担心我，还是很欣慰的。看来在他心里我还是有位置的，要是一辈子身旁都有他的保护该多好啊！全林说要教训潘涛，我没答应，我不想给他添麻烦，他能这样我已经很高兴了。我们又见面了，不知道该高兴还是难过，两个多月的努力都白废了。

2008年8月17日

和全林一起在大连影城看《十全九美》，有点小郁闷。我们每次看电影都会选择二层拐角那三个位置中的两个，这样那个地方就是属于我们两个人的空间。可是今天看电影的人太多了，连剩下的那个位置也有人选了，这就相当于我们三个人坐在一起看电影，真扫兴。不过片子还不错，尤其是立威廉最后自问的那句话：“人为什么不能十全十美呢？”让我感慨了很久，也许我就是十全九美的人吧。呵呵，别臭美了，洗洗睡吧。

2008 年 8 月 29 日

两颗心在靠近，我不能！绝对不能。

2008 年 9 月 2 日

每天都要给全林打无数个电话，这怎么能行呢？晚上在电话里我郑重其事地告诉全林，要和他打一个赌，看我能不能一整天都不给他打电话。他笑过之后说我肯定输，说实话我对自己也没什么信心的，不过我一定要坚持到底，不能让全林小瞧了我。

2008 年 9 月 3 日

还没到中午就缴械投降了，我太没出息了。以前不是一直都认为女人离了男人照样能活得很好吗？唉！看来这句话对全林不太适用啊！

2008 年 9 月 15 日

本来打算去动物园的，结果全林临时又改主意了，我们一起去了西安路。只要和他在一块，去哪儿都无所谓的。我下周就要过生日了，全林问我想要什么，我说希望他送我一束花，全林答应我了。

刚才回来的时候不小心把脚崴了一下，全林背了我一段，他的后背真宽，靠在上面感觉那么踏实。幸福！幸福！幸福！

2008年9月22日

真希望时间永远停在今天，我生命中过得最开心的一个生日。一大早就收到了全林的花，还有他写的祝福，是用我的名字写的一首藏头诗，全林就是有才。今天晚上为了给我过生日，全林破天荒地向领导请了假，他在报社工作那么长时间从没请过假的。很感动，全林真好，一整天什么都顺着我。全林，谢谢你，不过我还是要对你说一声对不起。

也许这是我人生中唯一一个有全林陪伴的生日吧。以后不知道哪个女孩那么有福气能做全林的媳妇。

2008年9月25日

全林今天生病了。他一大早就代表报社去参加什么市直机关运动会，回家就发烧了。让人担心死了，我还没法陪在他身边，只能一直打电话。他还不到30岁，却浑身上下都有毛病，胆也不好胃也不好的，真不让人省心，希望他快点好起来。

2008年9月29日

最喜欢听全林唱《我们之间》了，比原唱唱得还好听。还有《广岛之恋》，就像是为我们俩定做的，每一次去美丽分贝唱歌，最后都要唱这首歌。唱完之后很自然的，心情也会有些低落，至少我是这样。该清楚自己身份的，我不配和全林在一起，应该离开他，我祈求老天爷能再给我几天时间。全林的生日快到了，让我给他过完生日再离开。

2008年10月8日

一个男人应该有一条好皮带和一块好手表，但全林一样也没有，没关系，我来给他配置。皮带今天已经买好了，手表也选得差不多了，西铁城的，非常大气，全林戴正合适。不过我得让全林亲自确认一下才好，还不能让他知道是给他买的，呵呵，我有办法的。不知道用这两件东西做生日礼物他会不会喜欢。

2008年10月11日

和全林起了点争执，因为给他买手表的事，还是没瞒得了他。他嫌太贵了，其实也不怎么贵的，一个月工资的事。但最后还是他妥协了，因为我说的一句话："也许这辈子我只能给你过这一个生日。"唉！心里很难过。

2008年10月20日

终于带全林去吃灿西烤肉了，他果然很喜欢，我就知道会是这样的。看着他吃得那么高兴，我心里别提多美了。但有一点让我不太满意，今天那么冷，他也不知道多穿点。唉！其实他也没多少衣服的，前几天在逸彩城看到一套衣服不错，全林穿一定好看，等我把它买下来。

2008 年 11 月 2 日

太可惜了，只差一天，发现王国正好在 11 号封园。不管怎么样，11 号那天我要一整天都和全林在一起，好好给他过个生日。

2008 年 11 月 11 日

生日快乐！我最爱的男人！你就是我的太阳，我愿做你永远的向日葵。

2008 年 11 月 19 日

又是和全林一起走着回来的，我们走得很慢很慢，聊了很多很多。曾试着让自己以一个朋友的身份一直留在全林身边，静静地仰望着他。但现在我发现根本就做不到，如果看到他身边真有相爱的人了，还不如杀了我。很多次我都在心里和自己说一定要离开，可每次见到全林的时候又无法控制我自己，有太多的不舍，我已经离不开全林了。该怎么办？怎么办？

2008年12月2日

又失败了，刚才对全林说了那么多，希望他以后能幸福，只要别忘了我就行，说到最后的时候我已经哽咽了。全林只用一句话就把我打败了，他说：“你已经走进了我的心里。”无法形容那个瞬间我的心情，只有泪如雨下。老天爷为什么要对我这么残忍，最爱的男人已经近在眼前了，我却只能仰望。真想告诉他真相，可我却不知道该如何开口。对不起，全林，我不是故意的。

2008年12月13日

这几天想了很多，也许这就是命吧。全林就是我遥不可及的一个梦，永远都无法实现。就像上学的时候，每天放学我都想和他一起走，可每次都追不上他的脚步。在对的时间我们相遇，又错过，现在又在错的时间再一次相遇。呵呵，老天爷真是最好的编剧，但我还是要感谢它。本来不应该有这样一段插曲的，全林能爱上我，我这辈子就是死也值了。全林，为你做什么我都在所不惜。

2008年12月16日

每一次愉快的约会之后都是深深的负罪感，我感觉自己就像一个小偷。眼前的幸福本不属于我，都是偷来的。我也知道不能太贪心的，可是全林就像磁铁一样吸引着我，我真的拔不出来了。全林，你能原谅我吗？一定要相信我，不管我做错了什么事都不是故意的。

2008年12月21日

今天全林的心情很不好，对我发了很大的脾气，都是我的错。我知道他和父母又吵架了，我真该死，全林是那么孝顺的孩子，我这种人就不配活在世上。

这几天一直在网上看韩剧《加油金顺》，全林说我就是他的金顺，说实话，我也希望自己是，但很可惜我不是。全林，该怎么和你说呢？

2008年12月27日

就因为写了一篇批评网通的稿子，全林被报社停职了。其实问题并不严重，主要是他不愿违背良知，拒绝写检查。哼！本来就没错嘛，要撤广告有什么了不起的，吓唬谁啊！我坚决支持你，全林。他一直都是这样的人，有些古板但很有原则。我最喜欢他的一个表情就是：经过一番深思熟虑后告诉你该怎么做，哪怕是拒绝你，简直太帅了。可是现在他的原则正一个一个因为我而打破，我既高兴又不安。有时觉得他离我很近，有时又感觉他离我很远很远。

第十三章

肖妮日记（二）

2009年1月9日

越相处越觉得全林是一个喜欢追求完美的人。可是我呢？恰恰是一个非常不完美的人，今天我们一起去了人民广场，全林就是在那附近长大的，他对我说：“人民广场对我有着很特殊的意义，很小的时候我就有一个愿望，将来第一个和我一起来到这里的女孩一定要做我的妻子。”他问我是不是第一次和异性一起来人民广场，我知道他希望我是，但我还是以实相告：不是。我已经隐瞒他太多了，不能再骗他了。我第一次是和另外那个全林去的人民广场，想想自己真是个害人精，那个全林也是一个好人，可我却伤害了他。我现在的遭遇恐怕也是老天爷的惩罚吧。

2009 年 1 月 17 日

表哥要结婚了，真替他感到高兴。也是，都三十多岁了，该结了。唉！我为什么要那么早就结婚呢？如果也像表哥一样晚一点结婚该多好，这辈子就那么轻易地被那个“鬼”毁掉了，很不甘心。那个无耻的“鬼”竟然还把魔爪伸向了我们银行，真想杀了他。

2009 年 1 月 25 日

准确地说现在应该是大年初一了，刚才在零点的时候打电话给全林拜了个年，并且告诉他我的新年愿望。我说：“如果明年我们还在一起，一定要一起过年。”其实也知道这是不可能的，但在那个时刻我就是有这么一个强烈的愿望，不吐不快。而且我还是没忍住，流了眼泪，但我没和全林说能打这个电话有多么的不容易。

2009 年 2 月 8 日

我要疯掉了，法院的判决居然是不同意我和“鬼”离婚！我至少还要再等半年才能摆脱那个“鬼”。我知道即使是今天这个婚离成了，对我和全林来说也没什么用。所以不能再拖了，得把真相告诉全林，不管他原不原谅我，这次一定要说。全林，我不是故意要骗你的，我没想到我们会一步步走到今天。那个“鬼”本来已经答应离婚了，去年和你重逢的那天我说自己离婚了，是因为和“鬼”已经说好了会在几天后就办手续的。结果“鬼”突然反悔了，就这样一直拖着不办，后来他不知道从哪里知道了我们的事，更加变本加厉，连孩子都不要了，就是想折磨我。

我真是生不如死，每天都在纠结和恐惧的煎熬中度过的。我一直都想告诉全林这个事实，但又不知道该怎样和全林说，我害怕失去他，害怕影响到我在他心目中的形象。全林，你不知道我有多爱你，你对我有多重要。全林，你能理解我的心境吗？

2009 年 2 月 11 日

全林联系不上了，QQ 不在线、电话关机，他怎么了？会不会出了什么意外，要不就是胆囊炎又犯了？担心死我了，这几天自己就像丢了魂儿一样。全林啊全林，你到底出什么事了？非常非常想你。

2009 年 2 月 14 日

终于找到全林了，他果然躺在医院里，还是在今天这样一个特殊的日子。这是他最需要我的时候，而我却只能远远地望着他，什么也做不了，我的心都在流血。老天爷，你为什么要这么对全林？把所有的惩罚都给我吧，哪怕是用我的生命来换全林的健康我也愿意。

2009 年 2 月 21 日

今天去接全林出院了，全林知道他的爸爸妈妈不愿看到我，提前把他们支走了，真难为他了。看着他一脸憔悴的样子，我的眼泪忍不住又落了下来，都怪我不好。现在看来那件事暂时不能和全林说了，等他身体慢慢恢复了再告诉他。

2009 年 3 月 6 日

快乐的时光一闪而过，和全林去沈阳玩了四天，晚上才回来。唉！今夜我的身旁就没有全林了，很舍不得他。已经习惯了他的鼾声，习惯了早晨一睁眼就能看到他。虽然只有四天，但那种感觉就好像一对老夫妻一样，可能上辈子我们就是夫妻吧。

现在已经是深夜了，可我还沉浸在喜悦和兴奋的心情里，回味着我们一起在沈阳的点点滴滴。在故宫闹别扭，在中街一起吃鸡肉串，在太原街吃烤鱿鱼，在北陵用松籽许愿。这中间还出了一个小意外，在去东陵的路上我们的钱包被小偷偷走了，连回酒店的车钱都是和努尔哈赤他老人家“借”的。呵呵！东陵有一个 108 级台阶，听说男孩背女孩走完这 108 级就能心想事成，我本不打算尝试的，可全林非要背我。结果在 106 级的时候失败了，全林的身体还是没完全恢复啊，也是我太重了。不过，这也许就是我们的宿命吧。

北陵是皇太极的陵墓，里面还有纪念他最爱的女人海兰珠的东西。他俩那段感人至深的爱情故事我是在电视剧《孝庄秘史》里看到的。全林说以前他很讨厌海兰珠，可现在他反倒最喜欢海兰珠了，他没说原因，我心里却明白。唉！他是“皇太极”，我却不是“海兰珠”。

2009年3月11日

太意外了，又得到了全林给我的一个惊喜，下班的时候他来接我了，还给我买来了一个大大的烤地瓜。在这个大冷天里，我们坐在封闭的公交车上，车里挤满了准备回家且饥肠辘辘的人们，全林为我掰开了还有些烫手的烤地瓜，顿时整个车厢到处弥漫着烤地瓜的香味，很多人的目光都刷刷刷刷地射向我们。哈哈哈，有不少还带着“愤怒”呢，更多的人在不住地吞咽着口水，我和全林可不是故意那么做的。虽然有些不人道，但也管不了那么多了，我风卷残云般地吃着，很快就只剩地瓜皮了。呵呵，早点吃完也算是让车上那些人少受一会儿折磨。全林，你真好！

2009年3月19日

看来是上瘾了，还想和全林一起出去旅游。晚上的时候和全林商量了一下，想和他一起去台湾玩一玩。他没同意，说以后机会有的是，慢慢来。其实我知道他是怎么想的，怕我花费太多。唉！全林呀全林，你知道吗？以后还真未必能有机会出去。

和他在一起总是这样，很多想做却没做的事我都是尽量争取早点实现。因为我知道如果现在不马上去做的话，也许以后就没有机会了。而全林却不是这样，他总觉得来日方长，有些愿望可以以后再去实现。有的时候我心里急得不行，却一点办法都没有，谁让他是我的“领导”呢。

2009年3月21日

全林今天相亲了，对方还是个朝鲜族女孩。其实他的家人一直都在张罗着给他找女朋友，尤其是知道我的存在之后就更频繁了，只是全林一直都拒绝。今天他是被骗去的，回家后还和父母发了很大的火。很多事都是他后来才告诉我的，我也劝过他，让他去相亲，有合适的就好好相处，结果全林大骂了我一顿。他说：“不是不可以去走走过场应付应付，但那样做既耽误对方的时间和精力，同时对对方也是一种不负责任。”我能理解全林的良苦用心，只是他不知道我的内心感受，其实我现在也是在耽误他的时间的。如果没有我的话，他也许早就有女朋友了吧，就算不去相亲，他也会有一个好归宿的。我知道他们报社有一个小姑娘一直在追求他，全林还救过她的命，这是多好的姻缘啊！就这么被我给毁了。

2009年3月27日

明天就要和全林一起去发现王国了，刚刚在超市买了一大堆好吃的。有麦丽素、营养快线、薯片……都是全林喜欢的。我还给他煮了点香茶汁装在保温壶里。不过，有一点小担心，全林这几天有些不舒服，不知道明天玩的时候有没有什么影响。唉！很期待，也有点忐忑不安。

2009 年 3 月 28 日

全林发烧了，都是我不好，不该非得今天去发现王国的。为了不让我扫兴，全林一直忍着，其实玩完第一项过山车后他就已经开始不舒服了，他一直坚持和我玩完了所有的项目后才告诉我不舒服的。我真该死，中午的时候他食欲那么差，我应该能感觉到的。看来我真的不应该留在全林身边，总是给他惹麻烦。我们在一起为什么总是不顺呢？如果全林不生病，那今天肯定是非常完美的。尤其是最后玩飞行扫帚的时候，当机器高速运行的时候，眼前所有的一切都飞快地旋转起来，全林突然回头问我："你爱我吗？"我大声回答："爱。"要是永远都别停下来该多好！

2009 年 4 月 3 日

情况有些不妙，全林最近总发烧，老天保佑，千万别有事。

2009 年 4 月 7 日

最担心的事情还是发生了，全林又要住院了，比上次还严重，胆囊有可能保不住。为什么会这样呢？他是无辜的，真正的罪人是我！是我！是我！

此刻，我连死的心都有了。全林明天就要正式住院了，我顾不了那么多了，这次无论如何我都要亲自照顾全林，就算是刀架在脖子上我也必须去。

2009 年 4 月 17 日

在医院照顾全林一个多星期了。虽然每天都要面对阿姨的冷脸，但不要紧，这是我应该得到的。能让我照顾全林已经是最大的恩赐了，就算是打我骂我也没关系。

已经定下来要切除胆囊了，这段时间主要是消除炎症。全林遭了很多罪，什么都不能吃甚至连水都不能喝，就靠打营养液维持着。人也瘦得厉害，情绪总是很烦躁，太难为他了。我觉得自己一点用都没有，算了，不写了，睡一会儿去，晚上还要去医院。

2009 年 4 月 28 日

全林现在只有 130 斤，看着他消瘦的面庞，我有一种万箭穿心的感觉。手术安排在后天，祈求上苍，一定一定要顺利。

2009 年 5 月 3 日

今天是全林住院的第 25 天，手术后的第四天，中午的时候全林终于排气了。谢天谢地，太不容易了，晚了整整两天，悬着的心总算可以放一放了。排气后就能一点点正常吃饭了，终于可以给全林做好吃的了，一定要给他好好补一补。

在全林排气的时候，只有我在他身边，可以说是我亲自见证了那个时刻。呵呵，也算弥补了手术那天的遗憾吧。在手术那天，我本来是想看着全林进手术室，等着他出来的。结果两个心愿一个也没实现，原来定的是早上第一台手术，后来又改成下午了。全林怕影响我上班，执意撵我走，没办法我只能从命。后来等我下班返回时手术已经做完了，尽管手术很成功，但当我看到浑身上下插满管子的全林时，还是忍不住泪如雨下。全林是那么的虚弱，他把唯一空闲着的右手伸给了我，我接了过来，把那满是针眼的手背紧紧贴在自己的脸上。

唉！怎么又写这些难过的事了，我这是怎么了？以前还总劝全林的，凡事要多往好处想，现在自己怎么也开始伤感起来了？也许是全林的向心力太强大了吧，我甚至连吃东西的口味都被他同化了。

继续说高兴的事吧。当全林告诉我已经排气的时候，我兴奋地跳了起来，急忙从钱包里拿出五张百元钞压在全林的枕头下。早就打听好了的，这样做能有个好彩头，让全林快点好起来。已经看到希望了，再过一段时间全林就可以出院了。

2009 年 5 月 11 日

昨天是母亲节，我给阿姨买了一束花，算是替全林送的礼物。阿姨非常不容易，别看她有什么不高兴全挂在脸上，可我知道她是好人，她比谁都更希望全林好。她现在对我不像刚开始那样充满敌意了，但我更希望她给我甩脸子，这样我心里还能好受点。还有叔叔，对我那么好，我真的受之有愧，根本就没有脸去接受。他们一家都是好人，这段日子每天晚上都是我们四个人一起吃饭，真的就像一家人一样，很多不了解情况的医生、护士还有病友都以为我是全林的妻子。那是一种非常甜蜜的感觉，这一切要是真的该多好，该多幸福啊！真的，能像现在这样天天给全林洗脸洗脚真的很幸福。唉！我又开始做梦了。

2009 年 5 月 16 日

全林马上就要出院了，虽然一个月后还要再回医院住一小段时间，但基本上算是结束了。全林现在穿原来的衣服裤子都是松松垮垮的，接下来就让我来好好犒劳犒劳你吧。全林，一定要让你早点恢复健康。

2009 年 5 月 20 日

一早就去熟食品中心买了上好的牛尾，回来就给炖上了，等一会儿汤好了就给全林送过去。现在能进全林家的门了，但我会尽量少去的，等全林恢复了，就不去了。

这几天全林调养得不错，情绪也挺好的。他对我说："看到你和二老像一家人一样在厨房一起忙活儿，感觉特别欣慰，我的胆囊丢得也算值了。”听到这句话时，我心里难过得要命，太对不起全林一家了，只能用其他方式来尽量补偿了。

2009年5月28日

下班的时候行长单独找我谈话了，说我最近心思不在工作上，请假太多，影响很不好。我知道是那个“鬼”又在背后使坏。这个卑鄙小人，我这辈子最倒霉的事就是遇到你，简直就是个魔鬼，干尽了坏事，人渣。

2009年6月2日

刚刚给全林家送去了海胆，爸爸晚上刚拿回来的。本想明天再送去的，可我等不及了。可惜全林不吃生的东西，真遗憾，那么新鲜。

中午参加了张丽丽的婚礼，相恋八年，终于修成正果。别人为什么都能这么幸福呢？我现在算是落下病了，只要是参加婚礼就幻想着台上站着的新人是我和全林，上次表哥的婚礼如此，这次的也一样。也许是因为在现实中根本就不可能发生，所以才会有这样的幻想吧！

2009年6月6日

在写这篇日记的时候，全林已经在隔壁房间睡下了，心里有一种甜甜的感觉。今天我把他接到家里来就是要好好伺候他两天，只有两天，磨了他很久才同意的。全林还是第一次到家里来，以前他总是送我到门口就离开的，像他这样的好男人太少了。

白天的时候我们去了圣亚海洋世界，然后一起去菜市场买菜，一起回家，那种感觉就像真正的夫妻一样，祈求老天爷，让这两天过得慢一些吧。

2009年6月14日

全林最近胖了一些，我既欣慰又不安，该如何收场呢？每当全林憧憬我们的未来时，我就会有一种莫名的恐惧。我不敢想，真的，有时候甚至连明后天的事都不敢想，过一天算一天吧。全林，我特别害怕失去你！

2009年6月17日

全林终于答应去台湾了，太好了。喜欢那种在外地没人认识的感觉，就像天空中的小鸟一样自由。我现在每天都在恐惧和不安中度过，快要窒息了，真的需要出去好好透透气。

2009年7月5日

和全林在星海广场一起骑自行车的感觉太美了，可是幸福总是那么短暂。我必须得在四点半之前到幼儿园去接桐桐，而这些是不能告诉全林的，他还不知道那个“鬼”已经把桐桐甩给了我。好几次都是这样，玩得正在兴头上我却不得不离开。全林总埋怨我，今天又是很不高兴的样子。其实他哪里知道，我何尝不想和他多待一会儿，我是多么不舍得离开他。唉！台湾之旅快点来吧。

2009 年 7 月 21 日

全林，无论天南海北，只要跟着你走心里就很踏实。八天的台湾环岛行就这样结束了，又是一段美好而又难忘的回忆。在去往花莲太鲁阁大峡谷的公路上，其中有一段紧挨着美丽壮观的太平洋，大巴车还专门停了一下。望着不远处波涛汹涌的海水，我想起了任贤齐的那首《伤心太平洋》。我拉过全林的手，在心里默默地说：“能不能不停下来呢？就让我们两个人永远都这样，一边赶路，一边欣赏风景，哪怕一辈子就这么漂泊下去。”

2009 年 7 月 29 日

最近总是爱发呆，就算是和全林在一起有时候也会走神儿。有一种被压得喘不过气的感觉，这就是心里有愧的感觉吗？今天在美丽分贝我给全林唱了一首《可惜不是你》，我告诉他不论什么时候都要记得这首歌。结果全林很紧张地问我出什么事了，我推说没什么，真想把一切都告诉他，但一看到他的脸，我就什么也说不出来了。

2009年8月7日

天塌下来了，无法形容此时此刻的心情，生不如死。全林全都知道了，不知道他是怎么知道的，只知道他离我而去，给了我两记响亮的耳光，留下一句“以后的生命里我们将不再有彼此”。我追了上去，哀求他不要离开，他推开了我，决绝地走开了。我再一次追上他，跪下来求他别走，我看到他眼睛里有晶莹的泪光在闪动，但还是没有停下脚步，越走越远，越走越远。泪水模糊了我的双眼，在那一刻，我知道自己的世界将不再拥有阳光。

我该打，都是我的错，瞒了全林那么久，他对我那么好，我却把他置于一个那么尴尬的位置上。我也不愿意那样的，这几天无论什么时间什么场合，只要一想到失去全林我就会以泪洗面。以后真的再也见不到全林了吗？那是多么可怕的事情，让我怎么继续活下去！

第 十 四 章

统一战线

一口气读到这里，抬头望了一眼窗外，远处的天空已经泛起了鱼肚白，我竟然看了整整一夜。全林透露的一些信息在肖妮的日记里得到了印证，我也终于知道全林没说完的那个惊人的秘密到底是什么了。2009 年 8 月 7 日这篇日记的许多地方字迹有些模糊，应该是被肖妮的眼泪洇湿的。

接下来我该怎样继续下去呢？虽然肖妮的日记里提供了很多新的信息，但和那张照片的关系似乎并不大。我觉得现在很有必要找全林聊一聊，于是，当天下午，我带着肖妮的那件绿色 T 恤来到了蓝天医药公司，准备和全林好好谈谈。结果发现全林换办公室了，搬到了一个很大的开放式办公室里。

全林的隔断在最里面的墙角处，我去的时候正巧赶上全林去卫生间了，隔断里没人。一个想法立刻在我的脑海里闪现，我瞄了瞄周围的其他人，都在低头忙自己的事，而且很多隔断里都没人。我迅速拿出肖妮的那件绿色T恤铺到全林的桌子上，然后找了一个观察全林角度最好的空隔断坐了下来。

我想看看全林看到T恤时的第一反应，这样做我也说不上来是为什么，也没时间考虑那么多，就是很好奇，也期待能从中发现什么。很快，全林从外面匆匆走回到自己的隔断里，刚到隔断口的时候他先是愣了一下，然后疾步来到自己的桌子前。

全林的头低得很厉害，我只能看到他怔了一下，两条眉毛拧了起来，然后又慢慢地舒展开来。他捧起T恤，两只手微微有些颤抖。忽然，他抬起头来，好像意识到了什么，用目光在四处寻找着。最后，他看到了我，我站了起来，缓缓走到他面前。尽管全林迅速调整了情绪，但我依然能看出他的眼睛有些发红。

“小穆，你好。”全林向我伸出了右手，已经恢复到了平时一贯的冷漠状态。我也伸出了右手，握了上去。全林的手很软，他就是用这只软软的手打的肖妮吗？想到这儿，我下意识地给自己的右手加了几分力量。或许是把全林握痛了，他边说“请坐”边用力抽回了手。

全林：“看来你的调查很有成效啊！”

我淡淡一笑：“还可以吧。”

然后我简单地告诉他是怎么得到这件T恤的，但省略了日记的事。等这些都说完了，我突然话锋一转，对全林说："不过，今天我来可不是为了那张照片的事。"

全林有些疑惑地问道："不是为照片的事，还能有什么？"

我："呵呵，当然还有别的了。记得有一次做冲量业务时你和我说过，很想在银行承兑汇票方面也尝试一下，我就是为这个来的。"

说这个是我早就计划好的，我知道全林和刘艳虽说工资还可以，但因为结婚贷款买了房子，压力也挺大的，不然也不会出来做月末冲量和银行承兑汇票之类的对缝业务。月末冲量只在月末有，而承兑汇票方面的相关业务随时都可以做，并且收益很可观。凭我在银行方面的资源，弄这个并不太难，更重要的是我需要和全林建立一种联系，一种可以经常接触到的联系。

全林："你还真是神通广大，具体说说看吧。"他有些漫不经心，语气依旧是不冷不热的。我想，以全林的性格，即便是他有求于人的事，恐怕也得是别人上赶着往上贴吧。

我："很简单，刘艳他们银行出票，我联系资金方贴现，咱俩吃差价。"

全林同意试着做一做，接着我们又聊了很多有关业务方面的细节问题。最后全林突然冒出一句："小穆，你这次来恐怕是醉翁之意不在酒吧？"

我："不能这么说吧，搂草打兔子，能一举两得当然更好了。"

全林："好，那我也就不绕弯子了，其实我早就想联系你了。"

我："联系我干什么？"

全林："一起找到肖妮的下落。"

我撇了撇嘴角："你又不怕刘艳不高兴了？"

全林严肃地说："怕，但我更想知道肖妮的下落，这也是我经过很长时间思想斗争后的决定。"

我："那好，欢迎你重新回到'组织'里。"

两个男人的大手又握在了一起，只不过这次我没有用力。T 恤留给了全林，我觉得全林拥有它更合适。难得和全林愉快了一回，收获也很大，虽然全林总是有反复，可总算又和我站在同一条战线上了。但这并不足以打消我对他的怀疑，不过，全林看到 T 恤的那一刻，目光里涌动着的是深情。看到那份深情的同时，我心情很复杂，既希望他能这样，又不愿意看到那一幕，说不上来是为什么。

正当我准备把余下的日记看完时，又发生了始料不及的意外，肖妮的日记不见了。

第 十 五 章

“幽灵”访客

早上看完后明明放在床头柜上的，晚上回家却发现不见了。一问妻子才得知，原来是她把日记给烧了，她一直都反对我插手这件事，现在看我越陷越深，并且发展到通宵不睡觉的程度，一气之下就做出这样的事。为此我大发雷霆，妻子也不甘示弱，我们俩爆发了自结婚以来最严重的一次争吵。最后我摔门而去，这不是在赌气，而是想让彼此都冷静一下。

这个冬天真冷，一个人走在大街上被呼啸而来的朔风吹得直打冷战。下了一天的大雪已经停了，脚踩在雪上咯吱咯吱地发出有节奏的声响。

我信步走到一个小广场上，小广场空空荡荡的，十分冷清。

广场中央不知道谁堆了一个雪人，我在雪人前停住了脚步，端详了起来。

渐渐地，在我的脑海里浮现出另外一个雪人，那是十年前我亲手堆的雪人，用了几乎整整一夜时间，在尘菲家楼下，希望一大早就能给她一个惊喜。

我用一根胡萝卜做雪人的鼻子，在雪人的鼻尖上套了一枚戒指，这是我能想到的最浪漫的求婚方式了。在冰天雪地里我站了近两个小时，来等待那个激动人心的瞬间。可是，最后迎接我的却是拒绝，尘菲转身那一刻的背影像一把利剑深深地插在我的心上，最后竟成了挥之不去的阴影。

那段时间，我只要一闭上眼睛，脑海里就会闪现尘菲的那个背影，我用酒精麻醉过自己，以求得一段时间的大脑空白，但醒来后依然如故……

又是一阵冷风吹过，感觉脸颊格外冰凉，用手一摸原来是有泪水流下，不由得心生感慨：十年过去了，一想到尘菲我还是这般脆弱。于是我只好收起回忆，在现实中寻找坚强。

那天之后，我就和妻子开始了冷战，这是我们之间“战争”的一贯流程。这样也好，省得她总在我耳边唠唠叨叨的。只是剩余那部分日记的内容看不到了，不知道肖妮在上面写了什么，调查了这么久总是碰到波折，我也第一次有了身心俱疲的感觉。

日记没了，我忽然失去了方向，不知道该干些什么了，正好赶上那段时间公司的股票出现了异动，我暂时把精力放到了工作上，调查的事就搁置了下来。

公司的股票连续四天大涨。可不要以为只要涨就是好事，不管涨跌与否，最重要的是作为“当事人”的上市公司要知道内情。如果股票有异动，“当事人”一无所知的话，那就是一件十分可怕的事情了。因为事情的发展已经不在你的掌控之中了，你不知道未来会发生什么。

那几天我忙得焦头烂额，可是很奇怪，在 QQ 上每天都会有一个叫“沙拉尔”的人要加我好友。刚开始我以为是骚扰的，没理会，后来他反反复复，只要我拒绝他就重新申请，最后他在申请上写的一句话引起了我的重视，上面写着：不要再查那张照片的事了，对你没有好结果的。这一次我加了他，随手看了一下他的 QQ 资料，发现什么内容都没有，而且一看就知道是临时申请的号。

“你是谁？”我发了一条消息过去，沙拉尔的 QQ 头像显示是手机登录状态。

沙拉尔：“我是谁不重要，重要的是你所做的事情很危险。”

我：“危险？从何说起？”

沙拉尔：“你听我的就是了。”

我：“我凭什么听你的？”

沙拉尔：“凭我知道的比你多。”

我：“你都知道什么？”

沙拉尔："我知道肖妮的所有情况。"

从这句话上能大致判断出，沙拉尔说的并不是空穴来风，他应该知道些什么的，我急忙又发了一条消息过去，但却石沉大海没了回音。最后，沙拉尔的头像彻底暗了下来，是下线还是隐身就不知道了。

这个沙拉尔是谁？是肖妮还是全林，或者其他重要知情者？这种感觉很不舒服，我在明他在暗，就仿佛受到围攻时背靠的不是墙，而是拿着凶器的敌人，随时都会有危险，特别没有安全感。但他似乎并没有恶意，只是要我停止调查。会不会真是全林呢？他心里有鬼，看到我的调查有了一些进展，害怕了，用这种方式让我不要再查下去了。但我转念一想，又觉得不太可能，全林不会用手机上QQ，他的手机我见过，是2007年产的诺基亚3500C，算是"老古董"了，根本就没有那个功能，有时候打电话讲话都听不太清楚的，也不知道他是怎么想的，年纪轻轻的为什么不换个智能手机。可是，不是全林又会是谁呢？我思来想去始终摸不着头脑，看一下手表，上面显示下午四点，日期显示是12月21日。没错，是2012年12月21日，玛雅人预言的世界末日，虽然已经确定是无稽之谈，但我却真有一种世界末日的感觉。

接下来的几天，沙拉尔经常会在QQ上出现一阵就消失，像"幽灵"一样神出鬼没的，也不说话，和他说话也没回音。正在我犹豫该不该把这件事告诉全林的时候，全林却主动打来了电话。

全林在电话里告诉我，他和肖妮当年曾遇到过一个"鬼"，不过，全林现在已经找到了解决问题的方法，至于具体该怎么做，他卖了个关子，说到时候就知道了。

音频文件在这里结束了，不知不觉间我竟然听了一个多小时。必须得承认，音频文件的作者是一个讲故事的高手。故事紧张且跌宕起伏，谋篇布局自然流畅，于不动声色中把环环相扣的情节一点一点铺陈出来，能够迅速把听众带入情境，而且没有距离感，非常吸引人。一开始听时，感觉是一个恐怖故事，随着故事情节的慢慢推进，似乎悬疑推理的色彩更浓一些，而且中间还夹杂了一些情感方面的内容，总之从题材上讲很难给这个故事归类。这是《原创故事堂》开办三年以来我听到的最精彩的一个故事。

我急切地想知道故事接下来会如何发展，便立即对邮件进行了回复：

作者你好，来稿已听，内容非常好，完全符合我们网站的发表要求。能否将故事的后半部分发过来，同时附上你本人的详细联系方式，方便我们沟通及付稿酬。

之后的一整天，我的脑子里都是对这个故事接下来的发展走向的各种假设和预测。第二天早上我到公司的第一件事就是打开网站的投稿邮箱。

如我所愿，故事的作者又发来了新邮件。邮件里除了一个音频文件外，在正文里还有一行字：联系方式就不必了，我只是给大家讲一个故事而已。

作者没留联系方式多多少少让我觉得有些意外，而此时的我已经顾不上那么多了，赶紧点开了新发过来的音频文件……

第 十 六 章

午夜硝烟

一天晚上，我突然冒出一个念头，也许那个沙拉尔也知道内情，于是我在网上等他，结果等到午夜十二点也没见他上线。在等待的过程里我通过回忆慢慢摸索出沙拉尔的一个规律，他总是用手机上QQ，而且总是在白天上线，晚上一次也没看到他，通过这些是不是可以找出他到底是谁呢？因为脑子太乱了，我一时半会儿还想不出什么来。

和妻子的冷战还在继续，每天晚上她都会把后背留给我。这样也好，躺在床上我可以无所顾忌地琢磨心事，况且以我这时候的心境来说，的确没有心情去哄她。

那个夜晚我又失眠了，脑海里浮现出无数种可能，却无法找到一个定论。

第二天上班，我顶着两个熊猫眼没精打采地挨了一上午。中午眯了一会儿，总算好了一些，而下午沙拉尔的上线则彻底让我来了精神头。不管他回不回复我，我都把全林在电话里告诉我的当年和肖妮一起遇到“鬼”的消息打上去发给了他。

QQ那头久久没有回复，直到沙拉尔的头像再次暗了下来，我才泄了气。就在这时，QQ突然闪了几下，传来了沙拉尔的回复，只见上面写着：“他说得没错，肖妮在出事之前遇到过一个‘恶鬼’，被缠身了，所以我才说你不能再调查这件事了，非常非常危险。”

我急忙回复：“能说详细一些吗？”

但是我飞快的打字速度还是没能追上沙拉尔下线的速度，他没有再回复我。这时全林打电话来约我午夜十二点见面，并没有告诉我见面后的具体内容。

我尽管一头雾水，不知道他要搞什么名堂，但还是在晚上十一点五十五分，如约来到全林选定的地方：一个废弃的工厂厂房里。空旷的厂房里能见度极低，我只能借助外面的月光勉强看到全林手里不知道拿着什么东西，站在厂房中央等着我。我缓步走到全林身旁，他见到我后没有说话。我们相对无言了许久，只能看见彼此呼出来的哈气。

最后还是全林先开口说道：“我看网上有人说，如果照片有古怪，只要把照片里的人拍照时穿的衣服烧掉就没事了，我打算试一试。”

我这时才注意到，全林手里拿着的是肖妮那件绿色T恤，不觉怒火中烧。

全林似乎强势惯了，不等我表达出自己的态度，就直接蹲下身子把T恤放在地上，然后又拿出打火机和一张报纸准备引燃衣服。

“等一下。”我上前阻止全林，“你想过没有，也许这是肖妮留下来的唯一的东西了，你就这么把它给烧了？”我问。

全林：“我也不舍得，但如果肖妮真发生了什么不测的话，我更愿意让逝者早点安息。”

我：“你好像有点急不可耐。”

全林：“我只是想早点确定这个法子好不好用。”

说完后全林就自顾点燃了报纸，很快，T恤被引燃了，这中间他没有丝毫的犹豫，我不禁有些失望。这就是肖妮深爱着的人吗？我忍不住攥紧了拳头，有一种想要揍他的冲动。

渐渐地，地上的火苗越来越小，最后，那件绿色T恤化成了一团灰烬。身旁的全林如释重负般地长舒了一口气，他的一系列举动更加深了我对他的怀疑，也正是从那一刻开始，我知道我和他永远都不可能成为同一条船上的人。

空气中弥漫着一股难闻的焦糊味，可是，伴随着这个寒冷的冬夜，这段时间发生的所有离奇的事情都能够灰飞烟灭了吗？也许只有时间能说得清楚吧。

已经是深夜了，我和全林不仅完全没有困意，反而格外清醒。这个夜晚对于我俩来说，注定是无眠的，我预感到全林还有话要对我说。事后，我和他心照不宣地找了一家麦当劳坐了下来。

整个餐厅里只有我们两个客人，随便点了两杯热饮后，我用期盼的目光看向全林，全林却慢条斯理地说道：“别着急，小穆，你想了解的那件我和肖妮遇到‘鬼’的事，我现在就告诉你。”然后他把目光移向别处，悠悠地说了起来……

第 十 七 章

茶村骗局

“2009 年 10 月中旬的时候，我和肖妮去了一趟华东五市，在杭州遭遇了骗子。那天中午结束了西湖的行程之后，我们在西湖边上的一个公交站点向一位大姐打听去灵隐寺的公交车。那位大姐的脸特别红，就好像在太阳下晒了很久似的，她对我们说：‘去灵隐寺之前可以顺便去看看九溪瀑布，我们本地人都去的，那里还有隆道，就是乾隆皇帝走过的路，非常有名的，和灵隐寺离得很近，走完隆道灵隐寺也就到了。’

“听她说完后，我和肖妮当即决定改变计划先去九溪瀑布再去灵隐寺，红脸大姐还非常‘热情’地把我们带到去九溪的公交车站点，并一再叮嘱我们说：‘下车后到九溪瀑布还有很远的路，可以搭个当地村民的车上去，最多就给十块钱，千万别给多了。’我们当时被感动坏了，心想真是遇到好人了，在连声道谢后坐上了开往九溪的公交车。

“因为塞车严重，我们坐了将近四十分钟公交车才到九溪的山脚下。正好有个司机把车停在路边，我们上前讨价还价一番后以十块钱成交。在车上，司机在讲了和那位红脸大姐基本一样的话之后，又告诉我们说：‘走隆道的时候一定要记得千万不能回头。’我问他从隆道开始的地方到灵隐寺大概需要多长时间，他不假思索道：‘很近，也就十分钟吧。’和红脸大姐说的差不多，我们心里也算是有底了，开始专注于车窗外的风景。

“九溪确实挺美的，满山都是绿油油的茶田。司机饶有兴趣地介绍说：‘这里种的茶就是著名的狮峰龙井，当地人买茶叶不去大商店的，全都是到这里的茶农家里买。这里的民风很淳朴，还有请茶的习俗。’肖妮问他：‘什么是请茶？’

“司机道：‘请茶就是请外来的人到家里喝茶，是不要钱的，而且都是把家里最好的茶叶拿出来。’

“司机还教我们一些鉴别茶叶优劣的方法，下车后怕我们走错路又专门为我们指认瀑布和隆道的方向，肖妮当时还颇为感慨地说：‘来杭州净遇到好人了。’

“发现不对劲是在走上隆道后半个小时，我们没有看到灵隐寺，却来到了一个叫杨蓉岭的小村子。这时候不断有村民主动上前邀请我们到家里免费喝茶，我们也终于醒悟过来，原来那位红脸大姐先让我们到九溪来坐上司机的车，司机告诉我们走隆道不要回头就是要把我们引到那个村子，然后当地村民再把我们‘请’回家向我们兜售茶叶。

“我们实在是太累了，之前在西湖已经走了不少路，当时两条腿像灌铅似的抬都抬不起来。既然这样还不如找个地方休息一下，于是我们索性接受了一位老婆婆的‘邀请’，跟着她回家喝茶去了。

“老婆婆家的摆设非常古朴，家具好像还是解放前的，墙上挂着一个大相框，上面全是黑白照片。老婆婆相当‘热情’地为我们端茶倒水，她身材不高，60多岁的样子，黝黑的脸上满是褶皱，眉心上有一个特别明显的大痦子，干瘦如柴的胳膊上青筋暴起，头上盘了一个老太太常见的发髻。肖妮对我耳语道：‘她真的会是茶托吗？’我用眼神示意肖妮别吱声。接下来就是老婆婆的各种表演了，到最后终于让我们买茶叶，我笑着拒绝了，然后站起来拉着肖妮径自离开了老婆婆家。

“走到门口的时候，身后传来了老婆婆的一声冷笑。紧接着一个苍老而低沉的声音回荡在耳边：‘所有不买茶叶的人都不好过。’我和肖妮不约而同地转过身子，只见老婆婆面无表情地直视着我们俩，眼神特别诡异。肖妮有些害怕，拉着我快步离开了。

“随后我们继续走原先就计划好的行程，老婆婆最后说的那句话被抛在了脑后，根本没在意。回大连后我通过报社同事联系到一位杭州媒体界的朋友，他证实了我和肖妮在此前的确是遇到了茶托，而且我们的遭遇是一种在当地最常见的骗局模式。同时他告诉我一件非常可怕的事情。他说我们去的那个村子世代以种茶卖茶为生，旅游业兴起之后，那里渐渐演变出一个新的行当——茶托，通过向游客高价兜售劣质茶叶来牟取暴利，屡次遭到游客投诉，影响非常不好，相关部门为此多次整治却收效甚微。在2007年时，村民因为强卖茶叶和几个东北游客起了摩擦，最后升级为大规模械斗，冲突最终酿成了一死九伤的惨剧。死的那个是当地的一个中年男子，而他的老母亲得知后一病不起，最后也死掉了。

“一些令人恐怖的事情正是从这时候开始的，陆续有当地村民反映，看见那个死去的老太太出现在村子里邀请路过的游客回家喝茶，只要游客不买茶叶她就会说一句话：‘所有不买茶叶的人都不好过。’刚开始没有人相信这是真的，后来竟然被一个游客证实了，那位游客的老伴儿回家不久后就出车祸去世了。渐渐地，越来越多的人都说亲眼见到过那个老太太，老太太说的那句话也变成了咒语，应验在了很多游客的身上，这事也越传越邪乎。杭州的那位媒体朋友之所以和我说这些，是因为传说中的那个老太太有一个标志性的特征：眉心有一个大痦子。”

第 十 八 章

又起波澜

竟然会有这种事，听着就觉得瘆得慌。猛然间，我想起了沙拉尔在 QQ 上和我说的话。难道肖妮遇到“恶鬼”的事是真的？想到这儿，我忍不住打断了全林：“太离奇了，怎么可能呢？”

全林的眼神迷离着，显然还沉浸在回忆里。片刻之后，他终于回过神来，脸上挤出一丝苦笑：“你和我经历的这些事不也挺离奇的吗？”他继续说道：“开始的时候我也不相信，但最近这段日子我又仔细回忆了一遍事情的经过，越想越觉得很可能是真的。”

回到家已经快凌晨四点了，我不想打扰妻子休息，就没进卧室，而是坐到了客厅的沙发上。此时我依然全无睡意，因为没开灯，周围黑漆漆的，安静得只能听到自己的呼吸声。我很享受这种感觉，也需要这样一种氛围让大脑冷静一下。

我点上一支烟，心绪在吞云吐雾中起伏着。尽管沙拉尔能够部分证实全林所说的那些内容，但我对那个有关老婆婆的传说还是将信将疑。很后悔当时为什么没把肖妮的日记全看完，也许那上面会有记录。现在完全不知道日记最后那部分写了什么。不过，有一点是肯定的，肖妮和全林后来并没有真正分手，不然也不会发生后面的事。刚刚在麦当劳我本来想追问后来发生的事，但又觉得还不是时候。

从那以后，我没再做过肖妮在照片里转身的梦，但这并不意味着一切就都结束了，我一直悬着的心还不能落地，因为还没有调查出肖妮的下落。

沙拉尔在 QQ 上依然是神龙见首不见尾，我也懒得理他了。2012 年马上就要结束，我需要好好调整一下状态，来迎接新一年的挑战。

那天中午，从食堂吃完饭回到自己的办公室，我随手推开虚掩着的门，发现其他同事都出去了，办公室里空荡荡的。可是，我做梦都不会想到，接下来看到的一幕会是那样的令人毛骨悚然。只见肖妮的那件绿色 T 恤整整齐齐地摆放在我的桌子上，不敢相信这一幕是真实的，我希望这只是因为最近自己的神经绷得太紧出现的幻觉，我使劲揉了揉眼睛，可眼前还是刚才的样子。

我连忙抓起T恤正反面仔细查看了一番，没错，真的是肖妮的那件。那个瞬间，时间仿佛都凝固了，我的双腿不住地颤抖着。按说这段时间也经历了不少匪夷所思的事，应该有一些抵抗力了，但这次来得似乎更猛烈，也更彻骨。

肖妮的绿色T恤我亲眼看到已经被全林烧成灰了，现在却完好无损地出现在我的桌子上。这预示着什么呢？肖妮是想要用这种方式来诉说什么吗？

形势急转直下，并且出现了新的岔道口。为什么总是这样呢？每一次感觉有点眉目时，就都会出现突如其来的变故把事情引向不可预知的方向。

随后的两天我一直被笼罩在焦躁不安之中，并且这种情绪已经蔓延到了生活中的每一个角落。

我被压制得喘不过气来，不论做什么事都无法集中注意力。感觉快要疯掉了，我迫切地需要一个宣泄的出口。还好，马上要到来的元旦小长假给了我一个缓冲的时间。我决定利用这个假期亲自去一趟杭州，去杨蓉岭村，希望在那里能找寻到整个事件的答案。

第十九章

奇特拥抱

2012年的最后一天，晚上回到家里，我骗妻子说要到上海出差几天，这是这段时间我和她说的唯一的一句话。妻子听后没吱声，只是冷冷地看着我，半晌从牙缝里挤出几个字："是为了那件事吧？"我默默点了点头，她不再理会我，转身进了卧室。

夜里，我辗转反侧。妻子始终背对着我，但我知道她也没睡着，因为我听到了她抽泣的声音，也看到了她逐渐起伏的肩膀。我忽然在心里产生了一种深深的愧疚感，没想到在新婚第一年的最后一个夜晚会让妻子这样黯然神伤。她是无辜的，太对不起她了，我扳过她的身子紧紧地抱着，起先她用力推我，想挣脱出我的怀抱，后来力量越来越弱，直到彻底放弃抵抗。不得不承认，那张照片的出现的确打破了我生活中的平静，可是现在的我已经停不下来了，无论如何都必须把事情搞清楚。

第二天一早，也是2013年的第一个早晨，我简单收拾了一下东西，准备去周水子机场。妻子对我还是很冷淡，并没有帮我整理行李，我出门时也没有送我，这是从没有过的。往常只要我去外地，她肯定会送我到机场的，看来这次她是真生气了。

我下楼的时候发现自己的苹果手机忘拿了，我记得很清楚，昨晚放在大衣怀兜里的，怎么就没有了呢？难道又发生离奇事件了吗？我都被弄得有些神经了，仔细琢磨了一下，觉得可能是被妻子拿走了，她不想让我走，以前就用过这一招。

我折回家里一看，手机果然在妻子手里，她还是一脸的不高兴，极不情愿地把手机递给了我，说了一句："你自己小心点吧，今天我不送你了。"

七点半多一点，我来到机场候机大厅。办完登机牌后我看时间还早，就打算去外边抽支烟。刚走了没几步，却远远地看到全林也在不远处东张西望地不知道在等谁。

怎么回事？去杭州的事我可是谁都没告诉的，他怎么也在这里呢？我突然有些紧张，赶紧把登机牌揣进衣兜里，找了一个隐蔽的地方躲了起来，一边平静情绪一边注视着全林的一举一动。过了一会儿，我看到刘艳从前面径直走到全林面前，手里拿着登机牌，感觉像刚托运完行李。他们这是要去哪呢？不会也是杭州吧！他们两口子说了几句话，就一起往安检口走，从时间上看应该不是我要乘坐的那班飞机，在安检口两个人停了下来，拥抱在一起。

一个细节引起了我的注意，他们两口子拥抱的姿势很奇特。刘艳是半蹲着身子把头靠在全林的胸膛上的，这个姿势应该很累人，看起来也非常别扭，有点像丈夫听怀孕妻子肚子里的胎动，只是位置上移到了前胸。难不成这个动作有什么特殊的寓意？我一时间想不明白。

全林和刘艳抱了好一会儿才分开，都有些依依不舍，但最后还是挥手作别了。全林目送刘艳通过安检通道后，没做片刻停留，急匆匆地走了。我故意在外面多待了一会儿，在过安检之前故意把围巾围到了脸上，以防止在里面碰到刘艳。不过还不错，没和刘艳对头碰，很顺利地坐上了南航去往杭州的飞机。

在飞机上，我眼前不禁浮现出全林和刘艳拥抱的场景，对那个姿势我百思不得其解，直觉告诉我那个姿势很可能和那张奇怪照片的事有关。

第 二 十 章

杭州解谜（一）

因为周六周日股市休息，所以我只需要请 1 月 4 日（周五）这一天假就可以串出一个六天的长假来。尽管如此还是要抓紧每一分钟，下了飞机我就马不停蹄地往九溪赶。

下午将近一点钟时，我终于来到九溪的山脚下，但并没看到什么拉客的车，也许是冬天的缘故吧，没什么人，有些冷清。

我一个人往山上走，沿途欣赏着风景。杭州的冬天温度比大连稍高一些，可给人的感觉阴冷阴冷的不太舒服，尤其是靠近山的地方潮气更重，北方人一下子很难适应。不过，必须得承认，九溪很美，虽然同样是冬天，但这里却依然是一片绿意盎然，特别是漫山的茶田，非常壮丽。不知因为是淡季还是都回家过节了，偌大的一条柏油马路上只有我一个人享受着新鲜空气。

走了大约一刻钟，终于看到了一潭碧绿的池水和一条小瀑布。小瀑布很精致，透着江南特有的灵秀。瀑布来源于青翠茂密的山上蜿蜒流下来的一股清泉，真是一幅美丽的风景画。如果不是因为有事，真想多待一会儿。继续向前走，脚下由原先的柏油路变成了方砖路，这应该就是传说中的乾隆皇帝走过的隆道吧。道路两旁，一侧是潺潺而流的小溪，另一侧是高大笔直的水杉树，我感觉自己如同进入到了仙境，有些陶醉了。忍不住掏出随身携带的佳能5DMark Ⅱ拍了起来，脚步也渐渐慢了下来。

就这样走了很久，感觉已经快走到尽头了，终于看到一个小村子。兴冲冲地上前向过路的村民打听，却被告知我走错路了，这个村子叫龙井村，不是杨蓉岭村。这时我才想起，刚才路过一个岔道口时光顾着拍照了，没多想就一直走到这里来。没办法只能原路返回，又走了差不多半个小时，远远看到一片白墙黛瓦、高低错落的房屋，走近了看见一块大石头上刻着三个红色的繁体字：杨蓉岭。

杨蓉岭村看起来很富足，几乎家家都是小二楼，很多家门口都停着小汽车。却不见有人上前邀请喝茶，可能是因为淡季和过节，或者是茶托已经被肃清了。我不希望是后者，这对我此行的目的并没有帮助。

天空中的太阳已经偏西了，当务之急是赶紧找一个住的地方，通过询问当地村民之后我被指引到一处民舍前，说是住宿可以找这家的主人吴老伯。

我轻轻地敲了敲门，半晌，从门里探出一个秃顶脑袋的人，眉毛和两鬓都是白的，应该就是吴老伯了。我急忙打了个招呼，说明了来意。

吴老伯把整个身子挪了出来，手里拿着一个烟袋子，他上下打量了我一番，说了一句“进来吧”，就把我让了进去。

吴老伯家也是两层楼，进到大厅里，感觉像是来到了《武林外传》里的同福客栈，几乎全是古香古色的棕色原木家具，正中一段楼梯直通二楼。吴老伯指着楼梯说道：“上面全是空房，我带你上去挑一间吧。”吴老伯一口晦涩难懂的江浙方言，而且语速极快，我不得不请求他放慢语速，把注意力全集中在耳朵上仔细倾听。

楼梯是木质结构，踩上去咯吱咯吱的响。二楼有五六间屋子，我选了最里面的一间。屋子里的陈设很简单，只有几件旧家具，一张床、一张桌子和几张凳子，没有电视、冰箱等家用电器，像是很久没人住过了，空气里还有一股淡淡的霉味。

这里的条件虽然差了些，但好歹有个睡觉的地方，重要的是这里挺清静的，这点尤其让我满意。总的来说这里有些四不像，说它是家庭旅馆吧，它不是，说它是普通民宅吧，似乎还有那么一点旅店的味道。

一旁的吴老伯可能看出了我的心思，插话说：“前些年政府为发展旅游，号召我们利用自家房子做旅舍。后来旅游开发得不好，这些旅舍慢慢也就荒废了，我这儿就是，不过凑合着对付几宿还是可以的。”我笑着点了点头。

吴老伯：“听口音小伙子像是东北的，那么远怎么跑到我们这里来了？”

这可把我给问住了，之前脑子一直在想着调查的事，没想这茬，看到自己手里拿着的相机，我灵机一动道：“我是摄影师，早就听说这里的风景很美，特意赶过来拍一拍，今天一看果然名不虚传！”

吴老伯会意地笑了笑：“打算住几天？”

我：“四五天吧。”

说话间，我仔细端详了一下吴老伯。他虽说身材五短，但一身运动服打扮，显得非常干练，尤其是双目炯炯有神。

吴老伯略微点了下头，说了句：“你先歇一歇，晚上就在这里吃饭。”然后就转身走了，走到门口的时候又想起了什么转过身来说道：“二楼厕所就在出屋左手边，热水、电视什么的都在一楼，有什么需要不要客气。”我道了声谢，目送吴老伯离开。

我把背包和相机随手放到床上后就来到一楼，看到吴老伯正从一个坛子里往外掏着什么腌菜。从外表上看很像东北这边的腌雪里蕻，上前一问才得知原来是梅干菜。吴老伯招呼我拿凳子坐到他身旁，这个平和的老人让初来乍到的我不至于太过拘束。于是，我们随便聊着天，一点点熟络了起来。

吴老伯是土生土长的当地人，六十多岁了，有三个儿女都在杭州市区工作。老伴在儿子家帮着带孙子，平时就吴老伯一个人在家。我没有向他问及老婆婆的传说和茶托的事，打算等关系再亲近一些再说。

晚饭是和吴老伯一起吃的，他做了一道非常美味的梅干菜烧五花肉，让我风卷残云般地吃了两大碗米饭。

晚饭后，吴老伯嘱咐我看好门就一个人出去了。我在一楼客厅里一个人看着电视，等了很久吴老伯也没回来，后来我实在觉得没什么意思就关上电视上楼回到自己房间里了。

已经快九点了，我躺在床上摆弄着手机，把 QQ 也登录上了，没想到刚一上线沙拉尔的消息就一闪一闪地跳了出来。我马上点开一看上面只写了三个字："不要去。"查看发送时间，正是我在飞机上的时候。

这个沙拉尔难道知道我要来杭州？他的忽隐忽现给整个事件又增添了几分神秘的色彩，也不知道这次来杭州能不能有一些重大发现。正在琢磨心事愣神儿的当口，我无意间看了一眼举在半空中的手机，意外地发现沙拉尔竟然在线，这还是头一次晚上看到他在线上。

我急忙发消息给他："你知道我要去哪儿？"不一会儿沙拉尔就发来了回复。

沙拉尔：“呵呵，当然了，我早就说过了，我什么都知道。”

我：“那你说说看，我现在在哪儿？”

沙拉尔：“想考验我吗？那就来吧，此时此刻，你在杭州的一个小村子里。”

我一个激灵坐了起来，觉得浑身发冷。

我：“你到底是谁？”

沙拉尔：“我是无所不知的神。”

我：“‘不要去’是什么意思？”

沙拉尔：“你现在所处的环境非常危险。”

我：“险从何来？”

沙拉尔并没有马上回复我，我生怕他再次跑掉，赶忙又发了一个消息过去。

我：“你还知道什么？”

沙拉尔：“我知道你心里都在想什么，也知道你心里所有问号的答案。”

我心里的确有很多问号，该如何接沙拉尔这句话呢？我一时还没想好，就在我犹豫的时候，沙拉尔又发来了消息。

沙拉尔：“不信是吧？那好，我就先解答一个你今天心里的大问号：很多男人都喜欢小鸟依人型的女人，享受那种拥抱入怀的美妙感觉，但往往天不遂人愿，身高不是人为能决定的，可是对聪明人来说这些都不是问题。”

怎么突然冒出这么一段，我一时没看明白，给沙拉尔发了个问号过去。

沙拉尔：“自己慢慢想吧，你小心点，我下了。”

我刚想再发消息让他等一会儿，却发现他的头像已经变成了灰色的。神神叨叨地留给我一段莫名其妙的话是什么意思？我回忆着白天发生的一切，一下子想起了早上在机场看到的全林和刘艳拥抱的那一幕。我恍然大悟，难怪刘艳要半蹲着身子和全林拥抱，因为她个子太高了，只有这样才能把头靠在全林的胸膛上，让全林有入怀的感觉。

看来这个沙拉尔还真知道不少事情，我下意识地有了一个大胆的猜测：沙拉尔会不会就是刘艳，她也算是当事人，全林知道的很多事情她都知道，而且她极有可能在周水子机场候机楼看见我了，知道我要来杭州。联想到之前刘艳对调查的态度，更让我觉得自己的猜测很可能是真的。但也不排除这个沙拉尔是别的重要知情人，因为肖妮的身高和刘艳相仿，沙拉尔也有可能是通过肖妮知道的那个奇特姿式的含义。如果真是那样的话就太可怕了，沙拉尔又是从哪里知道我心里的这个疑问呢？莫非今天早上他也在现场？

也不排除另外一种可能，全林就是沙拉尔，只有这样一切才能解释得通。想着想着我的脑子又成了糨糊。这时，门外响起了敲门的声音，打断了我的思路。我开门一看，原来是吴老伯回来了，他手里还拿着一个电暖气。

“我们这儿没暖气，不像你们北方，你肯定不习惯，给你拿来一个电暖气点上，夜里睡觉不冷。”一边说着吴老伯一边走进屋里找到靠近床头的电源，给电暖气通上电。在我道谢之后，吴老伯就往外走，走到门口的时候忽然站住了，回头看了看我，表情有点异样，似乎有话要说。我赶忙问道：“吴老伯，您有事吗？”吴老伯颇为无奈地摇了摇头，看到他一副欲言又止的样子，我连忙上前把他拉坐到床上。

“吴老伯，您老有什么就说什么，没关系的。”

吴老伯怔怔地看着我，缓缓说道：“小伙子，我知道你是为什么事来我们这里的。没用的，劝你还是早点回去吧。”

我愣了一下，旋即开始装起了糊涂：“吴老伯，您说什么我听不太懂啊？”

吴老伯：“呵呵，现在是冬天，又是元旦这么大的节日，怎么会一个人那么远跑到这里来就为了照相？”

这句话的末尾吴老伯的语调明显有些上扬，我已经能感觉到自己的窘相了，也十分后悔自己当初编的这个谎话太不高明，可嘴上还是坚持说道：“只有过节我才有时间来这里摄影。”

吴老伯冷不防说了一句：“你是为了福生姆妈的事来的吧？”声音又提高了几分，此话一出，我立马就蔫了。

此时，我知道再掩饰已是徒劳，直接把此行的目的毫无隐瞒地对吴老伯说了。然后，我问他："您怎么确定我就是为那个老太太的事来的？"

吴老伯轻叹了一口气："不瞒你说小伙子，这几年像你这样的可来了不少。有家里死了人的，也有好事的，有的明察，有的暗访，都没能查出什么来，我们这里的人都习惯了，只要有生面孔来这里住宿，大多都是冲着福生姆妈来的。"

我："那些个传言都是真的吗？"

吴老伯："当然是真的啦！"

我："到底是怎么回事？您老能详细跟我说说吗？"

吴老伯从腰间掏出那个烟袋子，又拿出烟丝往烟锅里放，我赶忙划了根火柴帮他点上。吴老伯猛吸了两口，烟锅里登时透红了。吴老伯的眼神变得深邃起来，仿佛饱含了千百年岁月的沧桑："我们这里祖祖辈辈靠种茶过活……"

吴老伯说的和全林向我描述的差不多，但更为具体、详尽。杨蓉岭村的富庶得益于种茶、售茶，而旅游业兴起之后出现的茶托，却给杨蓉岭村带来了一场灾难。在那场斗殴中丧命的男子叫福生，传说中的那个老婆婆就是他的母亲，就是这位福生妈在死后依然出没于人间。她把咒语和劫难带给那些不买茶叶的外地游客，留下了一段又一段恐怖的传说。末了，我问道："真的太难以置信了，难道就没办法可以化解吗？"

吴老伯颓然地摇了摇头："没人能说清楚是怎么一码子事，

也没人敢去招惹她。小伙子，没用的，别浪费时间了，早点回去吧。”

吴老伯走后，我躺在床上盘算着接下来该何去何从。眼下的这个结果并不是我想要的，虽然调查似乎出奇地顺利，但取得的这个结果好像意义并不大，至少对解开谜团没有太多帮助。难道就这样回去了？我不甘心，耳听为虚，还是要亲自检验一下。打定主意后，我很快就进入到了梦乡，许是赶了一天的路有些乏了，这一觉我睡得很沉，很香。

第二天上午我把杨蓉岭村从头到尾仔仔细细地转了个遍。这个被青山环抱的小村落给人的直观感觉是恬静、安详，特别适宜居住，一点都看不出蕴藏着什么惊悚的秘密。下午我到山下去观赏久负盛名的钱塘江，下山的时候路过一个叫理安寺的地方。我对这里并不陌生，来之前曾在网上查到很多有关九溪茶托的骗局都提到了这里，骗局里的骗子都说过：“走上隆道后一直往前走会路过理安寺，但千万不要进去，里面都是骗香钱的假和尚。”骗子说的话可以反着听，兴许这个理安寺是正儿八经的寺庙，里面都是真正的出家人，所以理安寺原本就是我计划内必去的地方，并且对它寄予了很大的希望。

走进理安寺后，发现几个殿里都没有人，只有茶室里有一大一小两个和尚。大和尚看起来四十多岁，小和尚也就是十二三岁，我付了十元钱点了一杯茶。我一向不太好茶，啜了一口也没喝出什么味儿来，接着我调侃道：“大过节的，你们两个在这儿值班也是给三倍俸禄吗？”正在擦桌子的小和尚凑了过来有些好奇地问：“什么是‘份路’呀？”

“干你的活儿去！”大和尚边呵斥边瞪了小和尚一眼。他说话操着一口浓重的山东腔，这腔调听起来很舒服，尤其是身在江南，感觉格外亲切。很多大连人的祖籍都是山东的，大连老话把山东人的后代叫做海南丢，我就是一个海南丢。大和尚的口音让我一下子对他抱有无限的期望，我单刀直入地向他询问有关福生妈的事。谁知他像没听见一样根本不理会我，我顿时有种一盆凉水从头浇了下来的感觉。

这时，小和尚又凑了过来问我：“你问的是张婆婆的事吧？”不承想，话音刚落，大和尚竟抬脚去踢小和尚的屁股，破口大骂道：“就你话多，去厨房扫地去。”然后，大和尚向我拱手作揖道：“我们出家人从不过问俗家事，施主你请回吧。”说完就拉着小和尚离开了茶室，把我一个人晾在那里。

大和尚一听我提福生妈的事就讳莫如深，看来恐怕是确有其事。下午也许是心不在焉的缘故，钱塘江的壮观却让我觉得索然无味。晚饭依然是和吴老伯一起吃的，经过一天的相处，我们的关系亲近了许多，说话也随便了不少。他问我打算什么时候走，我回答说还是按原计划。

饭后，吴老伯又不知出门干什么去了，我一个人早早地洗漱完上了床。入睡还算容易，但这一觉却并不香甜。夜里，我隐隐约约地总感觉有个人站在床头，我使劲想挣扎着起身却怎么也起不来。因为太黑了看不清楚那个人的相貌，我的眼睛始终无法完全睁开，只能朦胧中从轮廓上感觉到那个人的身形很娇小，像是个女人。

早上醒来后，我浑身酸痛，头也昏沉沉的。模模糊糊地回忆夜里的情景，却怎么也不敢确信是真实发生过的。吃早饭的时候，吴老伯说已经备好了车，要带我去南山墓园烧香，福生妈就葬在那里，很多调查无果的人最后都是这样做的，希望老太太能安息不再伤害自己的家人。

吴老伯亲自开车走了半个多小时来到南山墓园。墓园很大，我和吴老伯下了车在新陵区里步行了十几分钟才来到福生妈的墓前。墓碑上写着：先妣吴满菊之墓，生于 1936 年 2 月 11 日，殁于 2007 年 9 月 13 日。我恭恭敬敬地在墓碑前点上三炷香，很快，三炷青烟袅袅上升，我却在心里暗暗思忖：“这样做又能有什么用呢？福生妈能从墓里爬出来告诉我肖妮到底出了什么意外吗？”

不等香火燃尽我和吴老伯就离开了，快要走出新陵区时，吴老伯随手指了一下靠外侧倒数第二排的一个墓碑说：“那是福生的墓。”我顺着指向看了一眼，这一眼却让我心里一沉。我和吴老伯并没有到福生的墓前停留，而是直接离开新陵区坐回车里。在车上我告诉吴老伯，打算去西湖附近转一转，明天就准备离开。

吴老伯听后连连点头："嗯，好，好，今天我陪你好好转转，明天亲自送你去机场。"

能看得出来，吴老伯听我说要离开很高兴，他似乎很希望我早点离开，之前就几次催促过我。

我是第一次到杭州来，即使在调查方面两手空空，也绝不能错过那些风景名胜。在吴老伯的陪伴下对西湖、岳庙、灵隐寺的游览让我暂时忘却了几个月来萦绕在心头的困惑和烦恼。可是，本以为大脑放轻松之后的思维会更加清晰，没想到，沙拉尔的再次出现却让我陷入到了更大的困惑之中。

在回杨蓉岭的车上，我随手登录了手机QQ，沙拉尔发的消息依然首先映入我的眼帘："西湖玩得还不错吧？呵呵。"虽然只有这短短的一句话，却已经让我惊诧不已了，查看发送时间就在五分钟之前。连西湖这么精确的地点沙拉尔都知道，他简直太可怕了，我整个脊背都凉了。感觉身后有一双无形的眼睛时刻都在盯着我，一点安全感都没有，我也终于意识到这个沙拉尔现在才是我心中最大的问号。

晚上吴老伯又为我做了梅干菜烧五花肉，饭后闲聊时，他还清唱了一段越剧。虽然我一句也听不懂，但能感觉到吴老伯的兴致很高。等到快九点时，我们起身准备各自回屋睡觉，吴老伯问我明天何时动身，我轻描淡写地回答："明天我打算去逛一下河坊街和六和塔，暂时先不走了。"

吴老伯先是一愣，脸上的表情僵硬了几秒钟，然后马上恢复了常态，他缓缓地点了点头："也好，也好，那就早点休息吧。"然后转身往自己卧室的方向走，快走到门口时回头看了我一眼，我俩四目相对，我看到吴老伯的脸上掠过一丝不易察觉的愠色，但嘴上还是笑呵呵的。

想着吴老伯刚才那微驼的背影，已经回到房间的我忍不住笑了笑。白天说要走晚上又说不走了可不是我一时的心血来潮，而是故意试探吴老伯的反应。试探他是因为，在南山墓园时我偶然发现了一个问题，福生妈墓碑上的名字是吴满菊，而福生的墓碑上写的名字是林福生，这样说来外人如果用姓氏来称呼福生妈的话只能有两种可能，一种是吴婆婆，另一种是林婆婆。可我清楚地记得在理安寺的时候那个小和尚喊的是张婆婆，这就对不上了。

刚才突然听我说明天不走了，吴老伯虽然极力掩饰，但我仍然能看出他的失望。

吴老伯为什么希望我早点离开呢？白天的时候我想过这个问题，一种可能是吴老伯害怕我把福生妈的鬼魂招来给他惹麻烦，还有一种可能是吴老伯知道一些我不知道的秘密。总之，这里面好像藏着很深的玄机。

尽管我坚持选择留在这里，但对接下来的调查该从哪里着手却很迷茫。昨天夜里的事依然历历在目，沙拉尔一直说我的处境很危险，恐怕指的就是这个，福生妈的"鬼魂"可能真的来了。这么恐怖的桥段竟然真的发生在自己身上，别看昨天夜里遇到意外情况时我还试图挣扎着起身，可那纯属无意识的形为，真让我和“鬼”来个面对面，我还真没那个胆量。中午请吴老伯吃饭的时候我顺便买了两瓶红酒，就是为了晚上睡觉前喝，而且要喝醉，这样夜里即使福生妈的“鬼魂”来了，我也不知道害怕。

我从枕头边的摄影包里掏出了从家带过来的一台微型摄像机，经过一番设置后，我把微型摄像机放到枕头边，镜头正好对准屋门的方向，使其能够完整记录屋子里将要发生的一切。接着我几口气下去喝掉一瓶红酒，然后就躺在床上静等福生妈的到来。也许是太过紧张了，翻来覆去过了很久也没睡着。后来，我只好起身又喝掉了另一瓶红酒才昏昏入睡。

当我醒来的时候，阳光已经几乎灌满了整个屋子，看了一眼手表，已经是上午十点了，这一觉睡得真长。我长长地伸了一个懒腰，之后赶紧拿过摄像机查看了起来。画面上几乎一片漆黑，唯一的一点亮光是从窗外透进屋内的月光，我不停地向后快倒，一直都没发现有内容的图像。突然，时间显示在昨天夜里十二点十五分的时候，房门慢慢悠悠地开了。又过了一分钟，朦朦胧胧地看见一个老太太模样的人进到屋里来，她慢慢地向我的床头走来。

这时候画面却开始颤抖起来，老太太越向我的床头走近颤抖得就越厉害，以至于到最后根本看不清她的表情和动作。就这样过了足足有五分钟，画面的抖动才渐渐得到缓解。我赶紧擦亮眼睛在图像上寻找内容，画面上模模糊糊能看得出来大致的轮廓是一个老太太的背影。随着她的背影离镜头越来越远，画面抖动的幅度也越来越轻，直到完全恢复清晰。画面最后的内容是房门又自动关上了，随后整个房间又重新归于平静，再往后快倒就什么内容都没有了。

看来福生妈真的来了，我的大脑已是一片空白，此刻，摄像机依然在颤抖着，因为我的手还在不停地哆嗦，感觉都快要拿不住了。这要比当初在台湾三峡镇看到的监控录像还要惊悚。这时外面有声响，应该是吴老伯上楼了，我急忙跳下床开门让吴老伯进来。

我把摄像机摄下来的内容放给吴老伯看。刚看到那个老太太走进屋里时，吴老伯就大惊失色，要不是我伸手扶了一把，他险些瘫坐到地上。吴老伯目光呆滞，半张着嘴巴喃喃自语道：“真的来了！她真的来了！”过了好半天，他像是想起了什么似的扭头对我说：“小伙子，我不能再留你了，一直担心的就是这个……”

第 二 十 一 章

杭州解谜（二）

我就这样被吴老伯扫地出门了，狼狈的我甚至连袜子都没来得及穿上。站在吴老伯家门口，我茫然四顾，不知道前路在哪里。就这样，我一个人漫无目标地在杨蓉岭村瞎转悠起来，有一个四五岁左右的小男孩一直悄无声息地跟在我身后，我却浑然不觉。

不知道走了多久，我无意中回了一下头，才看到那个小男孩，他马上转身跑开了。这时，我才算从之前的惊悸中摆脱出来。大脑总算是有了一些内容，我发现自己都快要走出杨蓉岭村了，而且终于意识到自己是光着脚的。我坐在一个小院子前的路阶上穿好袜子，就在我准备起身的时候，一个苍老的声音突然在身后响起，把我吓了一跳。

“进来喝杯茶吧。”

我回身一看，一个老太太站在小院门口静静地望着我，脸上的表情非常从容，两眼之间的一个大痦子显得格外醒目，以至于让我忽略了她其他的五官。福生妈，真的是她。我只觉得脑子“嗡”的一声天旋地转起来，顿时乱了方寸。先前在录影里看到她已经让我惊骇不已了，现在竟然直接来了个零距离。

这时，福生妈淡淡地说了一句“进来吧”。就转身走进小院里唯一的一间小平房里，扔下我一个人在外边，给我的感觉就好像她知道我肯定会跟着她进屋似的。

小平房看起来很旧，墙皮脱落得相当严重，年头应该不短了。这样简陋的房子在整个杨蓉岭村显得太不起眼了，我之前在村子里转悠的时候根本没注意到它的存在。

现在又该如何应对呢？我做了一个深呼吸，在心里强迫自己一定要镇静。摆在我面前的有两条路：一条是进屋去，一条是马上逃跑。说实在话，刚才我的下意识动作是逃跑，之所以没跑是因为两条腿已经不听使唤了，根本就动弹不了。既然这样我还不如选择进屋去，如果福生妈真要找我麻烦的话，就算是跑也没有用。干脆豁出去了，进去会会她，兴许还能发现些什么。心里这么嘀咕着，两条脚倒也轻松了不少，虽然走起路来还有些发软，但至少能动了。

屋子里的陈设让我似曾相识，和全林描述的简直如出一辙。只不过像是好久没人住了，相框上、桌子、凳子上都落了一层灰。福生妈为我倒了一杯热茶，几口热茶下肚后我的恐惧也缓解了不少。福生妈和蔼地站在一旁问：“好喝吧，年轻人？”我没有回答，只是定定地看着她。她一如刚才的从容，神态自若地迎接着我的目光。

福生妈：“你喝的茶就是有名的狮峰龙井。在古代是专门进贡给皇帝喝的。狮峰龙井只能用70度的热水冲，上等的狮峰龙井叶片被水冲开后可以看到上面有细细的绒毛……”

在说这一切的时候，福生妈不卑不亢的样子并不像是在为最后的推销做铺垫，倒像是在按照既定内容进行情景重现。对于我的失态她全然不予理会，只是自顾自地一边说着“台词”一边为我续茶。我忽然产生一种错觉，自己仿佛穿越回到了过去，眼前的这一切都是以前发生过的事。霎时间，不寒而栗的感觉袭遍全身。

福生妈：“请外人喝茶是我们这里的习俗，如果看到客人却不请到家里来那是不礼貌的，这也是一种缘。每年摘回茶后，我们每家每户都会留一点自己喝。年轻人，如果你想要的话，我可以送给你一些，给个辛苦钱就可以了。”

我心里猛然一惊，“剧情”推进到这里，和全林告诉我的几乎一字不差，到最后还是露出了狐狸尾巴。

我佯装不经意地问：“多少钱啊？”

福生妈：“外面卖是1600元一斤，政府收购价是1000元一斤，你要的话500元就可以了。”

我摇了摇头：“哦，我就是问问，不买的。”

福生妈没再言语也没有面露不悦，相反，却用一种非常自然的眼神望着我。她似乎早就预料到了我的态度，眼前的这一切都好像是顺理成章的。福生妈所表现出来的平静、淡定让我感到害怕，愈加觉得透不过气来，最后我实在受不了了，说了声“谢谢”，然后起身离开。

不出意料，在我马上要走出小院的时候，福生妈也追了出来，我身后果然响起了那句可怕的咒语：“所有不买茶叶的都不好过。”

虽然心里有准备，但听到这句话时，我还是忍不住打了一个冷战，感觉有一阵阵凉风直扑后背。我定了定神转过身来，和福生妈对视着。她脸上的表情终于起了变化，目光不再温和而是喷射出仇恨的火焰，难怪当时肖妮看到这个情景的时候会觉得害怕。不过，可能是因为害怕过了头，也可能真的是物极必反，福生妈眼神里的仇恨却把我的斗志一点点激发出来，到最后我硬着头皮走到福生妈的面前。

我郑重其事地说：“我可以买下你所有的茶叶，只希望你能告诉我事情的真相，传说中的那些事真是你干的吗？”

对于我的不按套路出牌，福生妈可能完全没有料到，一时显得有些慌乱。

福生妈：“我不晓得你在说什么。”

说完后她转身疾步向屋里走，走到一半时突然停住用手捂住胸口蹲了下来，我连忙上前俯身察看。

我：“你怎么了？”

福生妈的面部表情极为痛苦，估摸着有三四分钟的工夫，在我的搀扶下她才慢慢地站了起来。突然，趁我不备她用力推了我一把，紧接着就疾走几步迈进屋内同时关上了门。我毕竟年轻，她这一推只是让我后退了两步。等我推门再进时，却意外地发现屋里什么都没有，福生妈居然人间蒸发了。我又里里外外仔细地查找了一遍还是什么都没发现，桌子上还放着我刚才没喝完的半杯茶，茶杯上残存的余温清楚地告诉我刚才发生的一切都是真实的。

“剧情”进展到最后竟然出现了反转。落荒而逃的本应该是我，结果却换成了福生妈，这是为什么呢？我的脑子又开始混沌起来。

下了山，我在附近随便找了家旅店办理了住宿，然后就一头扎进房间里。我需要一个人静一静，好好梳理一下这些天发生的一连串怪事。可用了几乎整整一个下午我也没能理清头绪，特别是对福生妈的瞬间消失大惑不解。晚饭后我拿出摄像机翻看着那段恐怖的录影，在不断地重复查看中，慢慢地我在心里产生了一个大胆的想法：福生妈会不会并没有死，而是一个活着的人。

为什么我会这样想呢？原因有三点：第一，尽管图像不是很清楚，但通过那段录影还是能够看到，当时福生妈进屋的时候是走着进来的，而不是像一般鬼故事里说的那样飘着进来的。第二，在搀扶福生妈时，我曾无意间碰到了她的手，感觉她手上是有温度的。第三，传说“鬼”都是没有影子的。白天和福生妈一起站在小院里的时候正值中午，阳光很充足。我非常清楚地记得一个场景，福生妈推开我转身往屋里逃的时候，地上一直映着她的影子，直到她进屋关上门影子才消失。这一切会不会都是人为制造的呢？我不由自主地想起多年前经历的一件事：

2003年，我还在一家证券公司做柜台现金出纳，天天和数不尽的人民币打交道。每天结完账后我都要把柜台剩余的现金打包送到公司大库里。大库其实就是一个很大的地下室，不仅可以放钱，同时也是放保管箱的地方。保管箱这项业务现在只有银行才有，简单地说就是有些人（以有钱人居多）喜欢把一些值钱的或重要的东西放到一种特制的箱子里。这样不仅安全性有保证，对个人隐私也是一种保护。

现在的保管箱都是指纹的，但我们那会儿还是老式的双锁箱。有两把钥匙，客户一把，我们一把，两把钥匙只有同时开锁，箱子才能被打开。有客户到柜台来开箱取东西或是放东西，我们就带着他们下到大库里。当时负责这项业务的是我的同届校友谷小霞，柜台还有两位同事是柜员戴姐和主管齐超。别看齐超长得五大三粗的，可心却非常细，我们工作中有个什么小差错，都能及时被他发现。虽然他是主管，却也只比我大两岁。齐超的工作相对清闲一些，他人长得胖，特别怕热，因为大库在地下，比较凉快，所以夏天的时候，只要一闲下来，他就跑到大库里睡觉躲清凉。

有一天，齐超从大库睡完觉回来，突然神秘地对大家说，他在大库听到有一个保管箱里有动静，里面会一阵一阵有节奏地发出像敲钟一样的声响。当时大家一致认为他肯定是听错了，有声响只有一种解释：那就是箱子里有活物，可从情理上讲是绝对不可能的，没有客户会把活物放到保管箱里。而且保管箱是用特殊材质制造而成的，非常坚固耐用，也不存在有漏洞小动物跑进去的情况。更何况大库是现金重地，连公司里的人都不能随便进去，更别说有小动物的存在了。但是，一连好几天齐超都说那个保管箱里有声音，我和谷小霞还有戴姐依然持怀疑的态度，理由是我们三个人在下库时什么声音也没听到过。齐超说我们三个人下库的时间太短，不像他那样在大库里一睡就是一两个小时，所以才没听到声音。

后来没过多久，有四个人来开那个齐超总说有声响的保管箱。那次开箱和以往有些不同，往常开箱时谷小霞都是开了锁之后马上退到屋外，而那次谷小霞和齐超要在现场和客户一起开箱，一起见证一下箱子里到底都有什么。原因是箱子的主人蒋立新已经在不久前意外去世，来的四个人里有两位是公证处的，另外两位是蒋立新的儿子蒋业涛和女儿蒋业梅。

箱子被打开后大家发现里面空空如也，蒋业梅显得很失望，不愿相信眼前的一切，一个劲地向谷小霞追问怎么会出现这种情况。其实这属于正常现象，在租期内客户把箱里的东西取走了的情况是很常见的。经过好一顿解释，才打消了蒋业梅和蒋业涛的疑问。

蒋业梅和蒋业涛悻悻离开后，齐超立即告诉我们，他发现箱子里有声音的时间和蒋立新去世的时间很接近。那个保管箱好像真的有问题，我们三个人多多少少也开始有些相信了，准确地说是害怕。我们劝齐超没事别去大库睡觉了，他却不以为然，还说这样才够刺激。

随后几天，齐超像是走火入魔了一样，没事就往大库跑，还总是跟我们讲一些有关鬼怪之类的话题，搞得我们三人整天都人心惶惶的。特别是谷小霞，胆子最小，整天心神不定的，干活时总出错。不过，齐超再也没有听到那个保管箱里有声音响起，但却有了一个更为惊悚的发现。

那天，齐超气喘吁吁地从大库跑上来，直奔柜台里的一个抽屉，从那里拿出一摞客户留下的身份证复印件。他的脸色惨白，喘着粗气，看起来像是受到了极大的惊吓，两只手飞快地翻动着，最后终于在一张身份证复印件上停了下来。齐超赶紧招呼大伙一块看，并用哆哆嗦嗦的手指着上面有些模糊的头像说道："就是他。"身份证上的名字叫蒋立新，齐超说刚才在大库睡觉时，朦胧间看到有一个人影从眼前闪过，他连忙起身去追，追到大库门口时，那个人影回了一下头，顷刻间就消失得无影无踪了。就是回头的这一下让齐超看清了他的脸，居然是那个刚刚去世的蒋立新。

从那以后，柜台就笼罩在一片恐怖的气氛中，尤其是下库的时候，每次都是胆战心惊的，办完事赶紧走人，生怕碰到那个死去的蒋立新。只有齐超例外，他依然会到大库里去休息。一天下午结完账后，我去大库送款，按公司规定到大库送款时必须两个人一起去，一般都是谷小霞和我一起去。我俩战战兢兢地来到大库里，想速战速决赶紧走。正好齐超也在里面，他看出来我和谷小霞都挺害怕的，就和我俩开了一个玩笑，趁谷小霞不备，齐超一把抢走她手里的大库门钥匙跑了出去，随后把我和谷小霞反锁在屋里。

类似这样的恶作剧齐超过去也干过，年轻人在一起打打闹闹也是正常的，但那次玩笑开得确实比较过火。更过分的是，齐超在外面还把屋里的灯给关掉了，随后他就跑了。

我们被反锁的那个屋子和大库门之间有一段长长的楼梯，而且大库里没有手机信号，我和谷小霞真是叫天天不应叫地地不灵，只能咒骂齐超做得太过分了。

置身在一片黑暗之中，我俩什么都看不见，谷小霞双手紧紧地抓住我的一只胳膊，浑身不住地颤抖着。我们俩挨得很近，甚至可以说是贴在一起，可以清楚地听到彼此都很急促的喘息声，我的一条胳膊能明显地感觉到她胸前那两个凸起的“山峰”，透过“山峰”和双手，谷小霞把颤抖如导电般源源不断地传递给我。

那一年我和她都只有二十二岁，正是热血沸腾的年龄。但在那种情境下，任何和异性身体上的近距离接触都无法让我身体内的荷尔蒙产生一丁点的躁动。这并不是因为自己对谷小霞素无好感，而是因为——恐惧。没错，是恐惧。渐渐地，谷小霞身体抖动的幅度越来越大，我知道这是因为我也在发抖。

忽然，谷小霞惨叫了一声，把脸狠狠地埋到我的怀里，两条细胳膊把我的腰围了个结结实实。我不明所以，忙问她怎么了，她已经说不出话来，好半天才抬起头来怯声声地说：“门口那儿有一个白色的光圈，光圈里站着一个老头。”

我定了定神往门口的方向看了一眼，发现漆黑一片，什么都没有，我正想说是她的幻觉，却发现谷小霞已经开始抽泣起来，而且哭声越来越大。

就在这时，灯亮了，齐超给我们开了门。门开的那一刻，聚积已久的怒火终于爆发，我指着一脸泪水正瑟瑟发抖的谷小霞向齐超咆哮起来。齐超一边赔不是一边安慰我们俩，一脸诚恳的样子。

那天的事对谷小霞的刺激很大，好几天没来上班，等再来的时候就向公司递交了辞职申请。齐超不同意谷小霞辞职，无论齐超怎么挽留，谷小霞始终是去意已决的态度。双方僵持不下，齐超坚持要下班后和她单独再好好谈一谈。他们那天最后的谈话内容在很长一段时间内是一个谜，我们后来看到的结果是，谷小霞第二天照常来上班，精神状态也一下子恢复了正常。最为重要的一点是大库里再也没有出现过任何异常现象，一切都恢复到了原来的平静，就好像那些事从来就没发生过一样。不过，仅仅过了半年……

那阵子QQ聊天室非常火爆，有些别有用心的男人喜欢到聊天室猎艳，蒋业涛就是这样一位“猎手”。这天晚上，他又逮到了一个“猎物”，还是主动送上门的，马上就要到视频阶段了，只要“猎物”长得符合他口味，蒋业涛会立刻进行下一步的计划。

骚动的心（“猎物”的网名）：“哥哥真的想看看我长得什么样子吗？”

真男人（蒋业涛的网名）：“这还用说嘛。快点，快点。”

骚动的心：“你不怕我是‘恐龙’吗？”

真男人：“你就是独眼龙，哥也要你，别废话，赶紧的。”

骚动的心：“那好吧，你别后悔哈。”

在接受对方视频请求的那一刻，蒋业涛的神经兴奋到了极点，眼睛死死地盯在电脑屏幕上。可是接下来视频出现的一幕却让蒋业涛之前积攒的所有热情降到了冰点之下，上面出现的人并不是什么美女，虽然视频图像不是很清晰，但他还是一眼就认出，屏幕上的人是半年前去世的父亲蒋立新！蒋业涛从椅子上跌了下来，一屁股坐在了地上，大口大口地喘着粗气。

这时屏幕上的蒋立新开口说话了：“儿子，你太让我失望了，你怎么可以那么做呢？”视频的效果不是很好，蒋立新说的话有些断断续续的，但蒋业涛还是一字一句全听清楚了。此时，他的额头和鼻尖沁出豆大的汗珠，脱口说道：“爸，是我错了。”随后图像一下子消失了，那边中止了视频，而且骚动的心的QQ头像变成了灰色的。还没等蒋业涛回过神儿来，家里的座机骤然响起，来电显示是妹妹蒋业梅打来的。蒋业涛颤颤巍巍地接听了起来，一个颤抖的女声立即传入蒋业涛的耳朵里："哥，我刚才梦到咱爸了，咱爸说你现在有话要对我讲。""啊！怎么会这样？！"蒋业涛大叫了一声。是的，蒋业涛的确有话要对妹妹讲……

仅仅半年之后齐超和谷小霞就同时被公司开除了，这到底是怎么回事呢？原来蒋立新死后，保管箱的钥匙落在了蒋业涛的手里，对此蒋业涛耍了个心眼，抢在和妹妹蒋业梅及公证处的人去开箱之前买通了谷小霞，悄悄地提前开箱把里面的东西拿走了，同时给了谷小霞三万块钱作为酬劳，以图神不知鬼不觉地私吞父亲的那笔遗产。

齐超早在谷小霞和蒋业涛偷偷开箱时就察觉到了异常，我们柜台有一个不成文的规定，鉴于谷小霞是一位年轻女性，从保护她的角度上考虑，如果要下库开箱的是男性客户，一般会安排我或是齐超陪着她一起下库。可是那次谷小霞既没找我也没找齐超，而是一个人带着蒋业涛到大库开箱，特别是当天下午结账时，齐超在复核单据的过程中注意到少了一张下库单，他确信这里面一定有问题，谷小霞一定掩盖了什么。齐超当时没有声张，他自己另有打算。

对于事情的真相，齐超大致猜测出是谷小霞和蒋业涛一起拿了箱里的东西，所以后来他才会编造有"鬼"来试探谷小霞的反应，谷小霞的一系列反应正中齐超的下怀。其实根本没有"鬼"的存在，都是齐超在捣鬼，他不断向我们三个人灌输有"鬼"这样一个事实。

在心理暗示的作用下，三人中唯一心里有鬼的谷小霞最终出现了幻觉。再后来谷小霞想走人，齐超就和她彻底摊牌，结果是两个人一起分了那三万块。

但是，事情最终还是暴露了。暴露在蒋业梅的不懈努力下，她一直对空箱的事有怀疑。尤其是在得知哥哥正偷偷出售一些古董字画之后，更进一步确定哥哥有问题，却苦于无法找到突破口，最终想出用“鬼”来让蒋业涛说实话的招数。这招儿倒是和齐超的装神弄鬼有些相似。

蒋业梅在国外留学时，经常和爸爸蒋立新视频聊天，保留了很多蒋立新的视频影像资料。蒋业梅是电脑方面的高手，稍加处理和剪接后就制作出了那个“鬼视频”。她很了解自己哥哥的一些恶习，其实那个骚动的心就是蒋业梅自己。在蒋业涛受到惊吓后，蒋业梅不给他喘息和反应的时间，马上给蒋业涛打电话让其说出了事情的真相。

但是眼下还有两个问题无法解释。首先是先前说的福生妈为什么在小平房里突然消失不见了？其次是在福生妈向摄像机靠近的时候，为什么摄像机会出现剧烈的抖动？

现在很多人都习惯有事找百度，我身边就有一个“百度”——沙拉尔，我想不出答案只能寄希望于他。可是晚上我等了很久也没见他上线，看来不能指望他了。靠人不如靠己，我必须行动起来，再说所剩时间不多了，已经来杭州四天了，后天无论有没有结果我都必须回大连。

现在我别无他法，只能暂且按照福生妈还活着为调查大前提。如果真是这样的话，那么她装神弄鬼整出这些事情的背后肯定还有许多不为人知的隐情。

我离开旅店打了辆车悄悄潜回杨蓉岭村，准确地说是来到了福生妈住的那间小平房附近。如果她真的还活着的话，晚上就有可能在这里出现。之前说过，杨蓉岭村依山而建，而福生妈住的这个小院子恰巧建在整个村子的最后，小院的背后和左边不远的地方都是连绵起伏的山林。我在靠近左边的山林里找了个隐蔽的地方坐了下来，观察着小院子里的动向，并且做好了在这里潜伏一两个小时的准备。

这时已经是晚上八点多了，借着地势放眼整个杨蓉岭村，灯光点点，安详静谧。而福生妈的这个小院子却是漆黑一片，显得有些阴森可怕，有风吹过时，树上的叶子就会发出窸窸窣窣的声响，把这个孤寂的小院衬托在一片肃杀之气中。我坐在乱草地上大气不敢出一声，聚精会神地观察着小院里的风吹草动，周围安静得只能听到我自己的呼吸声。

不知为何，我有些紧张，也有一点兴奋，感觉自己好像已经离真相很近了。可是一个小时过去了，什么都没有发生。即便如此，我还是不敢有丝毫的马虎大意，依然保持“战备”状态。忽然，小院里似乎有一个人影闪过，我的心一下子提到了嗓子眼，赶紧起身蹑手蹑脚地向小院靠近，可当我走近小院时却发现根本就没有人影。

也许是精神太紧张了看花了眼吧，我这样安慰着自己，也有点泄气，就势结束了这次潜伏，暂时离开了这个谜一样的村子。

第二天整整一个白天我都泡在网上，查阅了大量的有关摄像机工作异常的资料。还是晚上八点，我再次来到小院附近潜伏，已经没有时间了，这次绝不能无功而返，我在心里暗暗下定决心。不过，我心里也明白，有些事情并不是以人的意志为转移的。

我右手腕上的手表显示已经是晚上十点半了，小院里还是一切如故，黑漆漆的连个鬼影都没见着。就在我快要放弃的时候，那间小平房里突然亮起昏黄的灯光。我狠狠地掐了一下胳膊，很疼，看来这次不是幻觉，立刻觉得浑身血脉贲张。我起身三步并作两步来到小院里，然后猫着腰悄悄地来到窗下。

我深吸了一口气努力让自己能沉着一些，等冷静了之后这才慢慢探头向屋子里张望。岂料，这一望却吓得我魂飞魄散。

屋子里，福生妈神态安详地坐在木椅上，她身后不远处站着全林和肖妮。我没看错，是肖妮，这个我在照片里见过多次的女孩。此刻，肖妮躲在全林的背后用恐惧的目光盯着福生妈。全林表情有些愤怒，好像在向福生妈争辩着什么，因为隔着窗玻璃我听不见他说话的内容。福生妈漫不经心地听着全林说话，时不时还冷笑一下。

全林正说着，福生妈倏地一下站了起来，表情一点点变得狰狞起来，由于她背对着全林和肖妮，所以全林和肖妮看不到福生妈的表情变化。只见福生妈猛地一转身，先是向全林呵斥着什么，紧接着用手朝全林比画了一下，全林就倒地了。肖妮吓得花容失色，立即俯身去扶全林，可全林一点反应都没有。

肖妮顺势坐到地上推全林，可任凭她怎么推，全林还是不省人事。肖妮急了，柳眉倒立怒视着福生妈，福生妈则是一副不以为然的样子。少顷，肖妮似乎想起了什么，站起来走到福生妈跟前说着什么。从面部表情上看像是在向福生妈哀求着什么，福生妈朝躺在地上的全林努了努嘴，也不知说了些什么话，只看到肖妮不住地点着头，态度很是诚恳。最后福生妈好像很满意，诡异地笑了一下，肖妮却是一脸愁容，有些依依不舍地望着地上的全林，她俩似乎完成了一笔交易。

旋即，福生妈和肖妮神奇般地同时消失了，很难用语言来形容当时的感受，我只觉得头皮一阵阵发麻。眨眼之间，两个活生生的人就不见了，屋子里只剩下躺在地上仍然昏迷不醒的全林。

我立刻绕到门口，踹开房门，就在我将要进屋的那一瞬间，一阵熟悉的歌声在耳边响起："因为爱情，怎么会有沧桑，所以我们还是年轻的模样。因为爱情，在那个地方，依然还有人在那里游荡，人来人往……"是我的手机铃声。

我一骨碌坐了起来，这才意识到自己竟然不知道什么时候躺在草地上睡着了，刚才的一切只是我做的一个梦。电话是妻子打来的，我们有约定，在外地的时候每天晚上临睡前都要打个电话报平安，今天晚上妻子一直等不到我的电话不放心，就主动打了过来。

简单结束了和妻子的通话后，我依然惊魂未定，上气不接下气地喘着粗气。一阵微风吹过，我感觉后背一片冰凉，伸手摸了摸才发现贴身的背心已经被汗水浸湿了。不远处的小院里仍旧漆黑一片，却又多了几分诡异的色彩。

回到旅店后，我还沉浸在刚才的梦里，越想越觉得这个梦的不同寻常，里面好像隐含着重要的信息。莫非是肖妮或者福生妈托梦告诉我事情的真相？肖妮为了保全自己的爱人牺牲了她自己被福生妈带到“阴间”去了？这也是为什么全林和肖妮同时被诅咒，肖妮出了意外全林却安然无恙的原因。可是，这真的就是我历尽千难万险要寻找的真相吗？

夜里，我又失眠了，不是睡不着而是因为刚睡着马上就会醒来，我总是恍恍惚惚地想搞清楚自己是在梦境里还是在现实中。明天早上八点我就要坐飞机回大连了，难道我真的要带着那个梦和福生妈“赠送”的那句咒语回去吗？说真的，我很不甘心，这个调查结果连差强人意的级别都够不上。

最后我决定临走前再亲自去找一下吴老伯，把一些疑问当面向他问清楚。我有一种很强烈的预感，吴老伯知道这里面所有的秘密。这么想着反而更睡不着了，好不容易熬到凌晨四点，我干脆起来洗漱、收拾东西，还不到五点，就退了房向杨蓉岭村进发。

因为太早了，打不着车，我只能选择徒步前往。这也许是我人生中最后一次去美丽的九溪和富饶的杨蓉岭村。想到这些，我心里竟萌生出一丝感慨来。可令我始料不及的是，杨蓉岭村再一次给了我一个天大的意外。不仅吴老伯家没人，整个村子也一个人都没有。开始我还以为是因为太早了村民们都还在睡梦之中，后来才惊讶地发现不仅家家户户的门上都上了锁，连原本在门口停放的那些小汽车也都不见了。

至此，我才确定，这里的确已经没人类活动的迹象了，仿佛一座空城，一片死寂。置身于此，我才真正体会到沙拉尔对我说的那句“你现在所处的环境非常危险”是什么意思。

这个时候，我脑子里只有一个念头：跑！马上离开这里。还好，这时候天已经大亮，极大地缓解了我的恐惧。

跑着跑着，我远远地看到山下黑压压的一片，不知什么物体正向山上慢慢移动。仔细一瞅原来是浩浩荡荡地上来一群人，大致估算一下能有二三百之多。我停下脚步，好奇地望着他们。渐渐地，人群离我越来越近，隐约听到有女人哭泣的声音，人群中有不少人腰间和头上都系着白布条，原来是送葬的队伍。

等快走到我跟前的时候我才彻底看清楚，走在最前头的是一个十四五岁的少年，手里捧着骨灰盒，紧跟在少年身后的是一个四五岁的小男孩，手里捧着遗像，正是那天跟着我的那个小男孩。我无意中瞥了遗像一眼，却差点没晕过去。遗像上的人居然是福生妈，我一时有些发蒙，下意识觉得有些不对劲。福生妈不是早在几年前就已经死了吗？可看眼前这帮人的架势倒像是刚刚去世的。正琢磨着的工夫，人流已经从我身边穿过。我忽然在人群里看见了吴老伯，他也看见了我，但很快吴老伯就收回目光装作没看见我，低头跟着人流往前走。

吴老伯的这个举动让刚才还有些不知所措的我一下子有了目标和方向，我立刻插入人群里追了上去，嘴上还喊着吴老伯。吴老伯回头张望了一眼，脚下却没停，而且还加快了脚步。他哪里是我的"对手"，眼看就要被我追上，吴老伯一闪身脱离出大部队。毕竟年岁大了，突然急转弯让他老人家脚步有些踉跄，眼瞅着要跌倒，我见状急忙纵身上前去扶，可为时已晚，最后我们两个人一起摔倒在地上。

众人上前把吴老伯扶起，同时把我团团围住，一个个摩拳擦掌，怒视着我。这时，吴老伯赶忙挤进包围圈挡在我的身前对众人说道："这是我的亲戚，你们不要动他。"众人这才散去，等人流走远后，吴老伯一下子坐到地上，捶胸顿足道："这都是报应啊！是我害死了福生姆妈！要是不告诉她你来了，兴许就没事了……"

原来这所有的一切都是杨蓉岭村人精心设计好的骗局。福生的确死于那场械斗，但福生妈却并没有死，只是大病了一场，落下了经常胸口痛的毛病。福生的死并没有让杨蓉岭村人停止做茶托的勾当，相反却变本加厉，到最后终于把这个美丽的地方搞得臭名远扬。福生妈的那句所谓的"咒语"，刚开始只是为了发泄不满随口骂出的话，后来歪打正着地碰上个别游客真的出了意外，就逐渐演变成全村人用来应付外界调查茶托的"法宝"。到最后，有关福生妈的传说越传越广，越传越邪乎。

福生妈夜里趁我熟睡时摸进屋里，是在吴老伯的配合下搞出来的。他们本以为很轻易地就能把我吓跑，却没想到我会那么执着，给他们二老添了那么多“麻烦”。福生妈进屋后瞬间消失是因为屋内有一个地下室，外人贸然闯入很难发现。至于摄像机在福生妈靠近时出现的颤抖，吴老伯也说不清楚原因。不过，他向我透露了另外一个信息，自从那场大病之后，福生妈的身体就出现了一些奇怪的变化。比如手表戴在腕子上自动就停了；不管是接电话还是打电话，座机还是手机，对方听福生妈那头都是一片杂音，根本听不清楚她在说什么。那天我已经在网上查过了，像摄像机这样的电子设备在工作状态下画面出现剧烈的抖动，可能性最大的情况是遇到了强磁场。所以我猜测，很可能是因为福生妈身上带有较强的磁场，影响到了摄像机的拍摄。

福生妈是在“请”我喝茶的那天下午突发心梗去世的，我不知道自己在福生妈的生命进程中扮演了什么样的角色，应该不是终结者吧。我不认为福生妈的死是一种报应，或许这只是一个意外。杨蓉岭村村民之间有着超乎寻常的团结，有村民在外面受欺负了，全村的人都会去替他出头。有村民去世了，出殡的时候全村的人都要去送行。

吴老伯告诉我，这种团结很大程度上是因为以前杨蓉岭村由于地理位置偏僻，极少和外界联系，基本都是村内通婚，这就造成了现在各家各户之间基本上都沾亲带故能扯上关系。但很可惜，有时候，他们把团结用错了地方。

第二十二章

“幽灵”现身

终于水落石出了，很庆幸自己在杭州的最后时刻又去了一趟杨蓉岭村。在回来的飞机上，我心里充满了近来少有的满足感。从表面上看，这次杭州之旅并没有调查出肖妮最后到底出了什么意外，但至少搞清楚了肖妮发生的意外和福生妈的“咒语”没有任何关系。虽然，还有许多待解之谜在等着我，但不可否认的是，现在的我比先前更有信心了。

老话说得真没错，小别胜新婚。和妻子分开了 6 天的同时也消弭了我们之前所有的不快，我们的关系总算是正常化了。

回到大连后我一直纠结一个问题：到底该不该把在杭州的调查结果告诉全林。从目前所掌握到的情况来看，我和他确实敌友难辨。

权衡再三，最后我还是决定告诉全林。可正当我要找全林谈这件事的时候，却意外得知刘艳流产的消息。

那天我给全林打电话，他手机关机，打到他单位，被告知全林不在单位，他爱人意外流产了，他正在家里伺候小月子。真是世事难料，前些天在机场看见刘艳的时候，她还好好的，现在竟然意外流产了。不知道这些天里发生了怎样的变故，刘艳怀孕的事我这还是头一次听说，之前从没听全林提起过。当然了，他也没有义务什么都告诉我，也许在他心里我连朋友都算不上吧，顶多算是合伙人，还是短期的。

不管怎么样暂时是不能去打搅全林了，我现在要集中所有精力找出沙拉尔到底是谁。在杭州的时候，沙拉尔反复强调的我所处环境危险尽管已经被证实是无稽之谈，但他至少也知道一部分真相，也许这一部分真相就是弄清整个事件的敲门砖。

说来也奇怪，自从我回到大连后，沙拉尔好像也沉寂了下来，一直没现身。最后一次在 QQ 上见到他还是在杭州逛完西湖后，这中间隔了这么久，他干什么去了？我不由自主地把沙拉尔的暂时消失和刘艳流产的事结合在一起，难道真有这么巧的事？我在潜意识里开始倾向于沙拉尔是全林和刘艳之中的一个，可事实证明我错了。

那天，和全林约好了下午一点到刘艳工作的银行做票。在这里有必要解释一下做票的含义，做票指的是银行承兑汇票贴现，简单地说，就是企业把没到期的银行承兑汇票贩卖给个人或是中介机构，支付一部分利息来换取现金。然后个人、中介机构再转卖或是找银行贴现，由此来赚利差。这个业务严格地说是违规的，所以都是暗箱操作，但由于利润丰厚，做的人很多，有一个规模很大的地下市场。我和全林都属于中间人，全林负责提供票源，我来联系资金贴现。

本来中午十二点半的时候我已经准备动身了，但就在我关闭 QQ 的前一秒钟，沙拉尔上线了。我立刻点开了和沙拉尔的对话框。

我：“你好，好久不见。”

沙拉尔回过来一个微笑的表情。

我：“最近很忙吗？”

沙拉尔：“有点。”

我悄悄地把手机 QQ 也给登录上了。

沙拉尔似乎很警觉：“你怎么变成手机 QQ 了？”

我：“呵呵，许你一直用手机 QQ，就不许我也用一次啊。”

看他老半天没有回应，我连忙又发过去一条信息。

我：“单位的网坏了，QQ 上不去了。”

沙拉尔：“哦。”

我这才放心地离开公司往银行赶，坐在出租车上，我绝口不提那张照片的事，找各种话题拖住沙拉尔，在心里暗暗祈祷他可千万别下线。还好，这次沙拉尔比较配合，一直和我有一搭没一搭地闲聊着。等出租车停在银行门口的时候，全林和资金方已经在那儿等着了。我长舒了一口气，总算是有希望搞清楚一些事情了。我把手机拿在手上，和全林寒暄了两句就一起走进银行办“正事”。

这次办“正事”的收获非常大，最重要的是搞清楚了沙拉尔既不是全林也不是刘艳。理由是在做票的时候，全林一直都和我在一起，而沙拉尔也一直都在QQ上和我聊天。刘艳虽然在家调养并不在现场，但中间全林曾给她打过一个电话，两个人聊了很长时间。

排除了他们两口子，这个沙拉尔到底是谁呢？办完事后，我坐公交车回公司，满脑子都在思考着这个问题。车上的人不多，我坐在最后一排，身旁坐着一个二十多岁的小伙子正在看一张《大连晚报》，他用两只手把报纸摊开，不停地翻动着。我俩挨得很近，我不用探头就能很清楚地看到一侧报纸的内容。我本无心看报纸，但上面的一篇小稿子却慢慢地吸引了我全部的注意力，把全文看完后我茅塞顿开，我想我知道沙拉尔到底是谁了。

晚饭后，我和妻子一起坐在客厅里看电视剧《大太监》。电视剧里安德海逗老佛爷开心的情节让妻子笑得前仰后合，我也附和着笑了笑，很随意地问了一句：“很好笑吗，沙拉尔？”话一出口，妻子的笑声戛然而止，表情瞬间凝固。

半晌，妻子讪笑了一声：“笨蛋，才发现是我呀。”

妻子说得没错，我的确是一个笨蛋，其实早就应该想到妻子就是沙拉尔，最晚也该是在杭州的时候发现。可是，由于我先入为主地把沙拉尔锁定在全林或刘艳的身上，才忽略了一些问题。在公交车上看到的那篇稿子写的是有关苹果手机定位的内容，能把我手机进行定位的只有妻子。

我和妻子随即爆发了激烈的争吵，刚刚缓和的关系也付之东流。虽然她是担心我的安全，想阻止我继续调查下去才想出这么一招，但她的行为严重干扰了我的视线，这也是最让我气愤的地方。

吵到最后，眼见妻子摔门进了卧室，我大吼一声：“把日记还给我。”这么说是有原因的，妻子能知道那么多事，肯定是看了肖妮的日记，而且很可能看过了全部内容，由此我猜测日记并没有被她毁掉。

不一会儿，卧室门被妻子踢开了，她随手把一件东西扔在地上，我赶紧上前拾起一看，正是肖妮的日记本，与先前不同的是密码锁被撬坏了。捧着失而复得的日记本，我百感交集，立即如饥似渴地看了起来。

第 二 十 三 章

肖妮日记（三）

2009 年 8 月 9 日

爸爸、妈妈，求你们了！别再烦我了行吗！我什么都不想吃，就让我一个人静一静不可以吗？！

2009 年 8 月 12 日

浑浑噩噩、行尸走肉，这就是现在的我。今天结账又赔了 400 元，我觉得自己的大脑已经游离出身体之外了。下班后又偷偷跑到全林家楼下，只要看他一眼就好，就一眼，为什么这点小小的要求老天爷都不能满足呢？我不会纠缠他的，也知道自己没那个资格，我只是想看一看他，哪怕一眼就好。全林，你跑哪儿去了？此刻的你又是怎样的心境呢？

2009 年 8 月 15 日

终于知道原来失恋是最好的减肥方法，浑身上下一点力气都没有，头也痛得厉害，可能是病了吧。唉！这样也好，就让我自生自灭吧。

2009 年 8 月 16 日

我竟然怀孕了，是全林的孩子，算是这段时间唯一的好消息吧。以后得好好吃饭了，为了这个孩子，我也要好好的，这个孩子是上天派来安慰我的。可怜了桐桐，我不是一个好妈妈，每一次把桐桐抱在怀里时，我的心情都会很复杂。他是从我身上掉下来的肉，我爱他胜过我自己，可是一想到他身上还流着那个“鬼”的脏血，我心里就有一种说不出的难受。今天是妈妈陪我去的中心医院，早知道是怀孕就不让她陪着了。

妈妈虽然表面上什么都没说，但她心里也一定清楚这个孩子不是那个“鬼”的，我们的婚姻早已名存实亡。有一种不好的预感，他们会让我打掉这个孩子。

2009 年 8 月 19 日

打掉这个孩子是不可能的，我绝对不会。这个孩子现在就是我的命，我不管会不会影响到和“鬼”的离婚官司，这个孩子我要定了！爸爸、妈妈，如果你们真的爱我，真的为了我好，就别再让我打掉这个孩子了。算我求你们了行吗？长这么大让我自己拿一次主意行吗？！不然的话，我就去死。

2009年8月21日

这是真的吗？到现在我都不敢相信，握着笔的手还在不住地哆嗦着，太激动了。就在刚才，全林来看我了，在他怀里我哭了很久，直到哭得浑身一点力气都没有了。是妈妈找的全林，她劝我打胎不成，就让全林和我一起处理这件事。全林竟然也让我打掉这个孩子，我不同意。没有一个人支持我，那也无所谓。不过，又让全林陷入到两难的境地，都是我不好。

2009年8月24日

我想是时候考虑一下以后的事情了，肚子会一天天变大的，到时候工作肯定要先放一放。要不是接妈妈的班儿，我也不会到这个破银行工作，要不是“鬼”的二叔也在这个破银行，我和“鬼”永远都不可能认识。算了，不想了，想也没用。现在我只想好好地把这个孩子生下来。

2009 年 8 月 26 日

也许和全林再也回不到从前了，但至少我现在还可以看到他，已经很满足了。这几天他们终于不再坚持让我去做人流，算是默认了吧。我胜利了，今天特意买了一些核桃，现在正是胎儿脑部发育的时候，多吃核桃有好处。怀桐桐的时候我就吃了不少核桃，桐桐就挺聪明的。也不知道是男孩还是女孩，我还是更喜欢女孩。

2009 年 8 月 28 日

最近总是吐，不像怀桐桐的时候基本没什么反应，看来女孩子的可能性更大一些。上班对我来说越来越痛苦了，除了刚刚分来实习的小月月外，所有人都孤立我，我知道是“鬼”在背后使坏。你二叔不就是一个破副行长吗？有什么了不起的，也就这点能耐吧。

2009 年 8 月 31 日

小月月真好，这几天看我食欲不好，每天都亲自为我冲从她老家带来的蒲桃粉喝。行里也只有她这么一个贴心人了，但愿以后别被那些人给同化了。和全林现在见的次数少了，连电话都很少打，就算通话也全是有关保重身体的内容。唉！这也不能怪他。

2009 年 9 月 2 日

这两天一直拉肚子，也不知怎么了，现在这个时候不能吃药。

坚持！坚持！再坚持！

2009年9月4日

孩子没了！！！

2009年9月6日

你们为什么要救我？为什么不让我去死？为什么？为什么？连死都这么难吗？

2009年9月7日

Would you know my name

if I saw you in heaven?

Would it be the same

if I saw you in heaven?

I must be strong and carry on

'Cause I know I don't belong here in heaven……

孩子，你在天堂里好吗？原谅妈妈没能去看你，不要担心，妈妈答应你，以后一定会去陪你的。

2009年9月10日

不能停下来，必须找一件事吸引我的注意力，不然又会想起那个孩子。恐怕是走不出来了，感觉这一次伤得更重，还好有全林在身边。那天他开导我的时候都哽咽了，如果没有他的话，我恐怕早就不在人世间了。我现在要把身体养好，还有重要的事等着我。

2009 年 9 月 18 日

终于离了，就是一场噩梦，我再也不想见到那个“鬼”了。桐桐判给了我，在意料之中，这也等于是判了我和全林的死刑。我知道全林是肯定不会接受桐桐的，况且我也没有资格要求全林接受。从来没有想到我的人生会是这样，和“鬼”只在一起生活了十个月，却让我搭上了一生的幸福。

太气人了，一个月只给自己唯一的儿子 200 块生活费，也只有你这种畜牲能说得出口。别以为我不知道你的小算盘，以为用这种方式来搞破坏就可以变相得到我家的财产吗？别妄想了，就算不能和全林在一起，就算我一辈子不嫁人只有桐桐这一个孩子，你也休想得到我家一分钱。头疼得厉害，也许是太气愤了吧，写不下去了。

2009 年 9 月 22 日

真没什么心情过这个生日，但全林还是给了我一个很大的惊喜。谢谢你，我最爱的男人，感谢这段时间你一直陪在我身边。我刚才许的愿是希望你能幸福，我知道是时候离开你的生活了，虽然很不舍，虽然根本就放不下你，但我必须得离开你。唉！要是那个孩子不掉该多好。

2009年9月25日

头痛欲裂，难道又要失眠了吗？

2009年10月2日

小时候，妈妈告诉我，有眼睫毛掉落的时候一定要许个愿再吹走。我一直都是这么做的，可是，好像并不灵验。现在不管灵不灵，每次我还是会那么做，在心里祈求老天爷，让全林幸福，把我这辈子的幸福都给他吧，就让我永远活在和全林的幸福回忆里。

下个月的11号是全林的29岁生日，给他过完这个生日，我就要永远离开他了。全林，你一定要幸福，一定要平平安安的，一定要找一个能好好照顾你的妻子。

2009年10月5日

刚才分别的时候，和全林拥抱了很久，喜欢这种感觉，喜欢闻他身上的味道，只属于他一个人的味道。记得有一次聊天的时候，全林开玩笑说他不喜欢和我拥抱，因为和我拥抱会让一米八三的他很有挫败感，在他的潜意识里一直觉得自己的爱人应该是小鸟依人型的，也怪我个子太高了。不过，我也有我的办法，可以蹲下来和他拥抱，这样也挺好的，可以在他怀里听到他的心跳。这样的日子以后不会再有了，烦，头又开始痛起来了。

2009年10月9日

和全林定好了下周去上海、杭州那边玩，这将是我们最后的旅行，既期待又希望时间慢点过。和全林一起出去玩，感觉他就像一个家长一样领着我，我什么都不用操心，不管是吃、住、行还是玩，他都能安排得井井有条，很踏实。

今晚终于把《加油金顺》全看完了，要是现实能和电视剧一样该多好！唉！我怎么又开始胡思乱想了，不能这样的，赶紧打住。

2009年10月13日

明天就要出发了，时间一定要慢一点走，让我一点一点地享受这个过程。

2009年10月20日

早上在杭州，中午在乌镇，下午在上海，现在已经回到家里了。大连突然变冷了，就像我的心情一样，全林没吃够乌镇的大锅红焖羊肉，可我却没有机会和他一起去吃了。

这次旅行有太多美好的回忆，南京夫子庙雨中嬉闹，上海金茂大厦88层小憩时做的那个美梦，杭州灵隐寺途中误入茶村，还遇到了一个恐怖的老太太。现在这所有的一切都成为过去时了。我的全林，遇到你是我这辈子最幸福的事。

2009年10月24日

除了背后下黑手，你们这群人还会干什么？一点做人的良知都没有吗？每天上班看到那几张脸我就觉得恶心。你当初进银行的时候我妈妈是怎么对你的？现在不仅不知感恩还和恶人一起来对我使坏，良心都被狗吃了吗？！

2009年10月27日

昨晚又是一宿没睡，这一天都没什么精神头儿，头要炸开了，我不会是得了什么不好的病吧？

2009年10月31日

今晚全林对我说，此生他最后悔的一件事就是那次动手打了我。其实那都是我的错，不是有那么一句话吗？爱之深，责之切。全林，真的不必把那件事放在心上，今生我都只属于你一个人，无论你对我做什么，我都不介意。

2009年11月4日

幸福对我来说就像一个美丽的泡泡，已经近在眼前，好像触手可得，却一碰即破。也许这都是老天爷的有意安排吧！我认了。这段日子我一直努力让自己能冷静、理智地去面对全林。但他对我向心力太强大了，往往他的一句话、一个表情，就能让之前我所有的努力都化为乌有。我从不奢求全林能接受桐桐，真的，我只恨老天不公。烦死了，头又开始痛起来了。

2009年11月7日

越来越近了，只有四天时间了。全林，我一定要好好给你过一个生日。然后，我就要永远地离开你了。

第 二 十 四 章

针锋相对

肖妮的日记最后停在了这里，全部看完之后我心里有一种难以名状的伤感。人生有时就是如此，往往再快走几步就可以遇到那个对的人，却只差那么一点点，也许是生命中太多的偶然孕育着必然吧。我两次去台湾都未能去成阿里山，但以后还有机会弥补遗憾。可是肖妮和全林却永远都没有机会在一起了。

不过，有一点是可以肯定的，全林的生日并不是他俩最后的终结点。全林和王明月都说过，至少在 2009 年 12 月的时候全林和肖妮还是在一起的。肖妮也有可能是为了让全林好好面对以后的生活才一个人突然出走的，从日记上看完全有这种可能。如果真是这样的话，那全林就是清白的，无论如何，要想还原他俩最后一个多月发生的事情，现在看来只能去找全林了。

在一个寒风凛冽的午后，我以引见资金方为由把全林约到五一广场附近的一家咖啡厅里。资金方是我的老朋友涛子。说起来，涛子还是通过尘菲认识的，十几年了，关系一直处得不错。涛子在圈内很有人脉，把他介绍给全林可以帮助全林在银行承兑汇票业务上做进一步的拓展。当然，我最重要的目的还是想和全林谈一谈有关调查的事情。

我和涛子先到一步，一边聊天一边等全林。涛子的头上总是油光可鉴、一丝不乱的，这个大烟鬼，刚一落座就先把烟给点上了，他抽烟的方式比较特别，习惯用中指和食指的指根夹住过滤嘴，貌似很老成的样子。

涛子长长地吐了一口烟："哥们儿，怎么感觉你见瘦啊？"

我："哈哈哈，没办法，天天给我们家那位当牛做马，不瘦才怪呢！"

涛子撇了撇嘴："你可拉倒吧，我倒是想给人当牛做马，还没人要呢！"

我："那是您老要求高，没有入您法眼的。"

涛子突然想起了什么："对了，前几天我碰到张萍了，听张萍说……"

涛子停顿了一下，一对小三角眼死死地盯着我的脸。

我："张萍说什么了？"

涛子："张萍说，她已经去世了。"

我猛地把身子倾向涛子："你说什么？！"

涛子："具体的，张萍也不太了解，好像也是听别人说的。"

我颓然靠回椅背："哦。"

涛子感叹道："都这么多年了，你还是那么在乎她啊！"

我坐在那里发呆，对涛子的话充耳不闻。涛子口中的"她"是尘菲，虽然不确定涛子的消息是否可靠，但在我心里的某一个地方还是有一种隐隐作痛的感觉。

涛子："好了好了，别想了。说说眼下吧，一会儿要来的这哥们儿什么来路？"

我还处在刚才的频道里，好半天没回答涛子的问题，等我调过台了，刚要回答问题，正巧全林这时候来了。

我把涛子和全林互相引见了一下。三人简单聊了一会儿，涛子因为有别的事就先行离开了，只剩下我和全林两个人。全林看起来有些憔悴，全然没有了以前的精气神儿，可能是伺候小月子累的吧。

全林："说说吧小穆，又有什么新的发现？"他总是这么直接，没有任何的前期铺垫。

我淡淡一笑："怎么说呢，新发现有很多，都不知道该从何说起了。"

全林面无表情："那不着急，一件一件地慢慢讲。"

我："这没问题，就怕你没那么多时间听。"

全林："放心，一下午总够了吧？"

于是，我一五一十地讲述了在杭州调查的经过和结果。全林非常专注地听完后略微沉思了一下，随后说道："迷信的东西果然信不得，这样也好，看来这件事还有别的蹊跷。"

我话锋一转："我觉得你并不是真的爱肖妮。"

全林一脸疑惑："此话怎讲？"

我："如果我真心爱一个女人，我不会在乎她的过去，也不会在意她有没有孩子。"

全林脸一沉，目光立刻黯淡了下来："任何人都不是孤立的存在，在考虑一些事情的时候，作为子女，尤其要考虑到父母的感受，他们是最无辜的。"

全林停顿了一下，接着说道："其实刚开始的时候，我也没意识到已经爱上肖妮了。"

我："那你是在什么时候意识到的呢？"

全林叹了一声："有一次，肖妮被一个流氓骚扰，打电话向我求救。虽然当我赶到的时候，那个流氓已经跑了。但我却发现，当知道肖妮有危险的时候，我是那么紧张，是那么想立即飞到她身边保护她。那种感觉并不属于朋友之间的相互帮助，也就是在那一次我才真正意识到，我爱上肖妮了。"

我插嘴问道："肖妮被流氓骚扰？这是怎么回事？"

全林："那个流氓是肖妮认识的一个人……"

这件事其实肖妮在日记里提到过，只不过全林的叙述更为详细。听完后，我轻描淡写地说："原来是这样，不过我觉得，即使你爱肖妮，爱得也不是很深。"

全林嗔怒道："你到底想说什么？小穆，我知道你现在已经调查出不少事了，没必要绕弯子的，有什么话大可放在桌面上说。"

我："也好，我问你，你和肖妮在一起的最后一段日子里都发生了什么？"

全林："这个问题我好像以前回答过你，一切正常，看了场电影之后肖妮就再也找不着人了。"

我："原因呢？"

全林："如果我知道原因，咱俩就没必要坐在这里了。"

我："有没有这样一种可能，肖妮是为了让你更好地生活下去才一个人突然离开的。"

全林："这种可能只在理论上存在，我知道她一直都有这种想法，但一直也都没能付诸实际行动。她根本就割舍不下我，况且，就算是为了我才离开的话也不需要用那种方式吧？她的父母呢？孩子呢？都到哪里去了？所以我断定肖妮一定是出了什么意外。"

全林的这番话让我大感意外，自调查这件事以来，从全林嘴里说出肖妮出了意外，这还是头一次，难道一直以来我都错怪他了？我这边正在思考着，全林那边又开口了。

全林："小穆，对这件事的调查，也许我们的目的并不相同，我想知道的只是在肖妮身上最后到底发生了什么事？而你的目的我不好妄自揣测，但不管怎么样，把整件事搞清楚能让我们彼此都达到目的。其实现在真相已经离我们很近了，只要你把你知道的都说出来，我把我知道的都说出来，我们共同完成这个拼图，就一定能知道事情的真相。你觉得呢？"

全林话里的意思已经很直白了——信息交换。我的确一直都对他有所保留，但他又何尝不是呢！他突然转变态度是什么意思我不得而知，直观感觉是在套我的话，和他打交道这么久，已经在潜意识里对他有了很强的戒心。

我没有马上回答全林的反问，一直和他对视着。最后，全林神态自若地靠在沙发背上，嘴角轻轻咧了一下，很有些嘲笑我的意味。他似乎已经看穿了我的心思，可我却越来越看不懂他。这时，全林放在包里的手机响了，他开包掏手机的时候不小心从里面带出一张纸，落在我的脚边，我弯腰捡了起来。利用全林接电话的当口我用最快的速度在上面扫了一眼，是一张检验报告单，上面的内容我并不陌生，婚检的时候也做过。全林接过检验报告单时表情有些不自然，先前的优越感已荡然无存。我总算也能自在一会儿，借故转移了话题。

我："刘艳好些了吗？"

全林："嗯，好多了，谢谢你的关心。"

我："不客气。好好的怎么就突然流产了呢？"

全林："是啊，一直都很正常的。元旦的时候她去了一趟广州，回来后就一直拉肚子，最后竟流产了，可能是水土不服吧。"

原来那天刘艳在机场是要去广州，真是难为她了，怀孕了还要用那么别扭的姿式和全林拥抱。也难为了我妻子，尽管心里有一千个一万个不高兴，还是"尾随"我一直到机场，用她自己的方式来送我。

提到流产这件事明显让全林的情绪低落了下来，两道眉毛也渐渐地拧了起来。我很后悔把话题引到这上面来，一时间不知道该说什么好。就这样我们俩沉默了很久，全林才叹了口气说道："还记得我第二次拒绝和你一起调查吗？那时正是刘艳刚刚检查出怀孕的时候。在确定自己怀孕的那一刻，她高兴得像个孩子似的，两只胳膊勾着我的脖子不停地摇着。有一个属于我们两个人的孩子一直都是她的梦想，她说过，要生一个和我一样的宝宝，看着宝宝一点点长大，就像看到我的成长过程一样。我曾经想过，为了能让她有一个好心情把这个孩子生下来，我可以暂时停止和你一起调查。可是，孩子最终却没了。刚才我说过了，其实我们离真相已经很近了，差的只是对彼此的一点点信任，也可能是时候还没到吧，不过我相信这一天很快就会来到的。"

结束了和全林的见面，我一直在回味着他对我说的话。他似乎话里有话，又似乎很无辜，好像和肖妮的意外一点干系都没有。不过他有句话说得很对，我们之间的确还缺乏信任。至少现在还是这个样子，不管是不是我戴着有色眼镜，我都不能完全给予他信任，他身上的疑点实在是太多了。

第 二 十 五 章

情感往事

晚上下班回家，一进门就惊喜地发现，妻子做了一桌我喜欢吃的菜，这是要和解的信号。我们那次争吵之后一直还处于冷战状态，而且晚上已经分床睡了。她摆出的这个架势看来是想和我好好谈一谈了，这也是她惯用的“伎俩”。饭间，妻子开了一瓶红酒，还破天荒地给她自己倒了半杯。我心里明白，她这是要拉开阵势和我进入正题了。

妻子：“你觉得那件事查下去还有意义吗？”

我没吱声，只是一个劲地低头吃饭。

妻子：“我们俩耽误的时间已经够多的了，难道就不能一起好好过属于我们两个人的小日子吗？”

我抬起头，慢条斯理地嚼着口中的饭，还是不说话。

妻子“啪”的一声将筷子拍在桌子上，两手交叉放在胸前，铁青着脸把头扭向一边。

我知道她已忍耐到了极限，不能再沉默下去了。

我：“不是早就和你说好了吗？等这件事过去了就好了。再说了，也没影响到咱们什么啊？”

妻子双眉紧蹙：“还没影响？咱俩结婚后，你有没有和我说过一次知心话？我们有没有逛过一次街？看过一次电影？连过元旦都是我一个人回的你父母家。没结婚之前你是怎么说的？”

我：“我不想和你吵。”

妻子：“我的态度一直都很明确的，让你不要介入那件事，一点意义都没有。就连我都能猜到最后的结果，肖妮不是自杀了就是得了什么不治之症。她的日记我也看过的。”

我不以为然地摇了摇头：“事情不是像你想的这么简单的。”

妻子：“难道我说得不对吗？”

我：“亲爱的，我知道这段时间委屈你了，再给我一点时间好吗？很快就会好了。”

妻子非常无奈地苦笑了一下，然后不再理会我。

这次“和谈”最终还是不欢而散，晚上我和妻子依然是分床睡的。这样也好，我可以无所顾忌地随意翻身思考有关调查的事。

可不知怎么了，这个夜晚我的脑海里出现的却是和妻子的一幕幕过往，我想是因为我亏欠她的太多了吧。和妻子的这段姻缘颇有些戏剧性，前前后后长达七年之久。

我们相识于 2005 年春天的一个周日，那天中午因为共同参加一项具有中国特色的学历考试——自考，我和妻子坐上了同一辆 31 路公交车，不同的是我是刚参加完上午的考试准备回家，而妻子则是要赶赴下午考试的考场。

借用后来妻子的话说，那个当时她最恨现在却最感激的小偷也在那辆车上，她的钱包被偷走了，包里还有身份证、准考证等重要证件。这是最具破坏性的，当时她只要能顺利通过下午的考试就可以毕业了，如果再考只能再等一年。证件没了，想参加考试是不可能的。为此她急得在车上当众放声大哭，不停哀求着“把证件还给我就行了”。

也许是妻子那无助的表情让我动了恻隐之心，也许是因为同为自考人深知自考的不容易，也许是命里注定要用这个机缘来让我们相识，总之最后我决定帮助她。

我和她一起把新开路到中山公园之间 31 路沿线所有的垃圾桶都翻了个遍，最后终于找到了她丢失的那些证件。然后我们赶紧打车往考场赶，到考场的时候已经开考十分钟了。她本来已经要跑进教室了，却又返身跑回到我跟前。

我不解道：“怎么了？快进去啊。”

只见她气喘吁吁的，汗水成串地顺着脸颊往下淌，似乎有话要说。我这才意识到此时她身上一分钱也没有，忙从钱包拿出 50 块钱递给她。她没接，摇了摇头说道："不是这个意思，我是要你在这儿等着我，我很快就能答完的。"

"好吧，不着急，你好好考，我会在这里等你的。加油哦！"我边说边扬了扬拳头为她打气，她重重地点了点头。没想到这一幕却成了让妻子刻骨铭心的难忘瞬间。她进入教室后，我把那50块钱交给监考的老师后就悄悄离开了。

那次萍水相逢随着时间的推移被我渐渐淡忘，转眼到了2011年，我和妻子在一个朋友的婚宴上重逢。至今我还记得当时的场景，我早已不记得她是谁了，可她却像终于找到了一个失散很久的亲人一样。先是怔怔地看着我，把我看得有些莫名其妙。紧接着她突然"哇"的一声哭了出来，同时扑过来一下子紧紧地抱住我，失声痛哭道："那天你为什么不等我呢？"把我和在场的所有人都吓了一跳。

后来我才知道，原来这些年来她一直在找我，也一直没嫁人。坦率地说，和尘菲的那段感情让我受伤太深了，本打算就这样一个人过一辈子的，但面对妻子的执着和坚守我却一点一点动摇了自己的信念。

最终在2012年8月，我们步入婚礼殿堂，可紧接着在台湾的蜜月之旅却让我卷入到奇怪照片事件中。妻子总是觉得，已经浪费了五六年的时间，即使现在每天二十四小时在一起时间也不够用，很自然地对我痴迷于事件的调查很不满。不过，我相信矛盾并非不可调和，调查应该很快就会有结果了。

第二十六章

“魔鬼”来电

马上就要过年了，不管是大街上、商场里还是在公司，到处都散发着年的味道。这种味道很容易让人懈怠，我也不例外。本来已经准备暂时停止调查等过完年再说了，可是，突如其来的一个电话却让我刚刚放松下来的神经再一次紧绷起来。

手机上显示的来电号码很陌生，我犹豫了一下没有接听，继续和妻子在超市里采购年货。不料，那个号码很快又再一次响起，这次我点了一下接听。一个陌生而又沙哑的男人声音在我耳边响起：“你好，我知道你在调查肖妮的事，我这里有你想要知道的一切。”

“你是谁？”我急切地追问。

“我是肖妮的前夫。”

半个小时后，我来到了位于青泥洼桥大商新玛特门前的肯德基，这是肖妮前夫也就是肖妮日记里一再提到的“鬼”选定的地点。上了二楼推门一看，里面沸沸扬扬的，人还挺多，我驻足在门口一边给“鬼”打电话，一边四下张望。没等电话接通，不远处座位上的一个男子举着手机朝我挥了挥手，看来就是他了。待我走近时，那位男子彬彬有礼地站了起来向我伸出了右手。

“你好，刚才在电话里忘说了，我叫秦绪龙。”

“你好。”我也伸出右手轻轻地握了一下，同时仔细打量了一下这位肖妮的前夫。

眼前的秦绪龙三十七八岁的年纪，国字脸，鼻直口方，剑眉星目，一身阿玛尼黑色大衣，虽然身材不高，但总的来讲也算是仪表堂堂，从外表是一点都看不出来“鬼”的感觉。

双方刚一坐定秦绪龙的手机就骤然响起，他很随意地接听了电话。可他刚把“喂”字说出口，那边就传来了一连串尖厉的咒骂声。不知是秦绪龙的电话漏音还是电话那头的骂声太大，我这边听得一清二楚，是一个女人在骂秦绪龙不守信用。

秦绪龙下意识地将身体向后靠了靠，同时将手机往自己耳朵上紧了紧，瞟了我一眼，脸上有些不自然。我把目光移向远处，用余光观察秦绪龙的一举一动，秦绪龙慢慢地站了起来，一边支支吾吾地搪塞着对方，一边向门外走去。片刻之后，秦绪龙回来了，又恢复了先前的神态。

秦绪龙问道：“咱们要不要喝点儿什么？”

我：“不用那么麻烦了。”

秦绪龙：“那咱们就捞干的来吧。”

我：“那样最好了，你是怎么找到我的？”

秦绪龙笑容可掬地说：“这个不重要吧？”

我并没有附和着笑，而是直视着秦绪龙的眼睛。

秦绪龙：“应该说你搞出的动静也不算小了，连肖妮工作过的银行都去查了，我怎么会一点察觉都没有呢？呵呵。”

我：“你找我到底有什么事？”

秦绪龙：“别这么紧张嘛小伙子，没什么大不了的事。对于你查这件事的目的是什么我一点兴趣都没有，我感兴趣的是咱们各取所需。说白了，就是我把你想要知道的全都告诉你，你给我一些信息费。”

总算是明白了秦绪龙找我的目的，心里暗暗地松了一口气。

我：“信息费？就是要钱呗？”

秦绪龙：“也可以这么说。”

我笑问：“开个价来听听。”

秦绪龙从衣兜掏出一盒烟，从里面拿出一根递给我。我摆了摆手，秦绪龙就自己点上吸了一口，然后从鼻孔里喷出两道烟雾来：“五万。”

我冷冷地笑了笑，加重了语气反问道："五万？"双眼紧紧地逼视着秦绪龙。

秦绪龙有点发毛，两只眼球飞快地转了一下，干咳了一声道："三万也行，不能再低了。"

我在心里暗自觉得好笑，谁打算和他做这笔交易了？秦绪龙一点点露出了真实面目，我也逐渐开始理解肖妮为什么总是用那么难听的词汇来形容他。

我不动声色："我凭什么相信你所说的呢？"

秦绪龙双眉一扬："我以前可是肖妮的丈夫啊！"

我："可据我所知，你和肖妮只在一起生活了很短的一段时间，之后都是各过各的，而且在 2009 年 9 月你们就已经离婚了。你怎么可能知道她后来的情况呢？"

这时，一位服务员过来示意秦绪龙不可以吸烟，秦绪龙赶紧掐灭了刚抽了几口的烟，有些不好意思地刻意干咳了两声。

秦绪龙："呵呵，你知道的还真不少，离婚了是不假，早就不在一块过了也是真的。但你可别忘了，我们还有一个孩子呢，就冲这一点，她永远别想和我撇清关系。"

我："撇清关系？你是想分人家财产吧？"

秦绪龙一愣，随即讪笑着说："这都被你看出来啦？没错，我儿子是要继承肖妮家全部财产的人，这就行了。呵呵。"

至此，秦绪龙的无赖嘴脸已暴露无遗，真不理解当初肖妮一家是怎么认可这个人的，也许是被他的外表和伪装蒙骗了吧。

我摇了摇头说道：“不好意思，我对你没有一丁点的信任，无法和你做这笔买卖。”

秦绪龙眯着眼打量着我：“先别急着下结论啊。可以这样，我先告诉你一部分真相，你去验证一下，然后咱们再谈下一步的内容。”

我不置可否，秦绪龙把头向我靠了靠，压低嗓门道：“我可以先告诉你一个绝密的消息，你先给我一万就行。”

我：“什么绝密消息？”

秦绪龙很得意地说：“肖妮这个贱货曾经怀过一个小杂种，后来流掉了，你知道是怎么流掉的吗？”

怒火迅速在我身体里升腾，可我必须选择隐忍。我沉默以对，继续逼视着秦绪龙。

秦绪龙：“连肖妮都不知道是有人暗中做了手脚杀死了那个小杂种，这个世上只有我和那个凶手知道真相。”

我心里咯噔一下，大脑瞬间炸开了锅。

我：“这么说你是帮凶啦？”

秦绪龙：“这可跟我一点关系都没有。”

我一时有些走神儿，好半天没再言语。

秦绪龙见状起身走到我身旁拍了拍我的肩膀：“给你几天时间考虑，想好了给我打电话。”

然后他就离开了，留下我一个人在那里愣神儿。

我心里很清楚，秦绪龙这个人并不足信，绝对不能和他做这笔交易。可是，又该怎样来辨别他说的那些话的真实性呢？从现实的情况和秦绪龙的为人来看，故弄玄虚来诈骗钱财的可能性是很大的。但也不排除他真的知道一些事情，尤其是他后来提到的肖妮流产的事。

如果真如他所说肖妮腹中的胎儿确实是被人蓄意谋杀的，那这个事情就非常严重了，很有可能和肖妮最后的下落不明有关系。那么凶手又会是谁呢？思来想去，我判断只有三个人有这样的动机：肖妮的父母和全林。

他们都有充分的主观理由不希望那个孩子生下来。其中，肖妮父母的嫌疑最大。但这里有一点却解释不通，不论是谁干的，秦绪龙又是怎么知道的呢？

音频文件又播完了，我意犹未尽，在心里暗暗责怪作者为什么不把整个故事一次性全发过来。我不单单是想立即知道这个故事的最终结局，在听这个故事的过程中我一直都很好奇一个问题：这到底是故事还是真实发生的事情？因为这个故事听起来太像一个身边的人在讲述一件发生在自己身上的事情了。

昨天晚上我在网上搜索了一些和这个故事有关的细节，并不意外地发现，许多故事情节的发生时间和现实是完全吻合的。比如：李宗瑞的确是在2012年8月23日那天投案自首的；在故事里的小穆第二次去台湾期间也确实有一辆载有16位东南亚客人的游览车在阿里山翻车。就连肖妮日记里的一些时间节点也和现实惊人的一致：2008年的4月20日第22届“全日空杯”马拉松比赛在大连举行，许多道路被临时封闭；2008年大连国际徒步大会在5月17日、18日两天举行；2008年大连市直机关运动大会在9月25日那天举行……

我连夜把音频文件发给我的同事兼好姐妹郑雪，她是土生土长的大连人，听这个故事应该比我这个北京人更有感觉。不出所料，今天早上她给我的反馈是：这故事给她的感觉太真实了，甚至听着听着就忘了这是故事。而且不仅仅是在一些时间节点上，在其他很多地方都和现实情况完全相同。

我和郑雪一致认为，《一张可怕的照片》很有可能是一件真实性非常高的故事，至少有百分之九十的内容是真实的。尤其是听到有关杭州九溪的那些情节时，我感到非常亲切，在杭州四年的大学生活，让我对九溪太熟悉了。大学时，我们经常会在周末到九溪山下烧烤，那里是杭州为市民专门开辟的烧烤场所。尽管大学毕业很多年了，但我对那里的一草一木还是了然于心。所以我敢肯定，故事的作者百分百去过杭州九溪。

虽然故事中的大部分情节与现实高度吻合，但我和郑雪都是坚定的无神论者，坚信故事作者一定会把故事里那些奇怪的事情解释清楚。

本以为故事作者很快就能把接下来的故事内容发过来，可我一连等了几天都没等到。和我一样着急的还有郑雪，每天早上一到公司，她第一件事就是问我有没有收到那个作者的邮件。

我和郑雪也简单分析了一下，现在是2013年的3月末，而通过这两段音频文件我们能知道，故事讲的是从2012年8月中旬到2013年快过年（2月初）的时候，很可能事情还在进行当中，并没有结束，或者作者正在构思结局，所以才迟迟没有发来新的音频文件。但我还是忍不住给故事作者发了一封邮件追问故事的情况，邮件发出仅仅半天，故事作者就给我发来了回复。不过回复里没有音频文件，只有短短的一句话：我还没想好该怎么给这个故事结尾。

盼星星盼月亮，半个月之后，我终于等来了故事作者发来的新音频文件，这次的邮件主题在“一张可怕的照片”后面加了“大结局”三个字。这让我特别兴奋，看来事情都结束了，终于能知道结局了，我赶紧叫上郑雪一起来听……

第 二 十 七 章

“魔鬼”之死

晚上回家后，我又仔细地看了一遍肖妮的日记，从中发现了一个奇怪的现象，肖妮和刘艳在流产之前都出现了腹泻的情况。她们怀的都是全林的孩子，有一种可能是全林在生理上有问题，那天在咖啡店里从全林包里掉出来的那张检验报告单就很说明问题，全林很有可能也意识到了这一点，专门去医院做了检查。但如果真是这样的话，事情反倒简单了。不过，我还是觉得肖妮和刘艳的流产并不是巧合，尤其是肖妮的流产存在着某些不为人知的人为因素。可我绞尽脑汁也没想明白那些人为因素到底是什么。

随后几天，秦绪龙像苍蝇一样对我进行电话骚扰，信息费的价码也从原来的一万一降再降，直到最后降到两千。我的策略是不同意也不拒绝，尽可能说一些模棱两可的话来拖住他。但这样做的后果是换来了秦绪龙更频繁的骚扰，他好像很着急用钱。后来我实在是被他弄烦了，索性使出了缓兵之计，答应和他再面谈一次，看看能不能再从他嘴里套出什么有价值的信息来。

可是，秦绪龙却失约了。不仅如此，对我的电话骚扰也突然停止，给他打电话也不接，不知道他在搞什么名堂。就这样僵持了两天，我一时也找不到答案，又回头去找他。这回电话倒是接通了，可电话那头却不是秦绪龙，而是警察。

秦绪龙死了，就在我们约好见面的前一天晚上，被人捅了数刀死在家里。

由于在秦绪龙生命最后一段时间里，我和他有过多次通话记录，我被请到公安局配合调查。在公安局等待接受询问的时候，问询室外有很多个像我这样所谓的知情人也在一同等待。

众人互相闲聊后发现，秦绪龙变换各种名头骗了很多人。他既能办出国劳务，又能联系高利贷，还能替别人安排工作等等，不一而足。给大家发的名片也是没有重样的，大家纷纷控诉秦绪龙的种种劣迹，一位大姐的愤怒之情溢于言表："他这种垃圾早就该死了，而且该千刀万剐，只可惜我那五万块钱算是彻底要不回来了。"说完她把秦绪龙的名片一撕两半摔在地上，又狠狠地在上面跺了两脚。她的这一举动把大家的愤怒之火一下子点燃了，大家你一言我一语，声音越来越高，到最后一位警察不得不过来维持秩序。

我是最后一个接受完询问的，出来后发现秦绪龙那张被撕成两半的名片还躺在地上，上前顺手捡了起来，随后离开了公安局。

秦绪龙的确死有余辜，但他死的不是时候，让本来已经稍微看到些曙光的调查再一次陷入僵局，而且他偏偏在这个时间节点上被杀，似乎很耐人寻味。如果是和调查的事有关，又意味着什么呢？会不会是全林下的手呢？我转念一想，又觉得不太可能，也许秦绪龙死在这个当口只是巧合而已，他骗了那么多人，仇家自然不会少，一下子很难有具体的嫌疑指向，这个案子恐怕一时半会儿还真就破不了。

不过，肖妮腹中胎儿死于人为的心理暗示已经在我的脑子里深深地扎下了根，不把这件事搞清楚，整件事情的调查也很难继续下去。秦绪龙已死，我只能再次选择全林作为突破口，还好，因为经常做业务，我们之间见面的机会很多。

仅仅一天后，我们就又做成了一单银行承兑汇票贴现业务，事成后我们在银行里边聊边往外走。

全林：“过年准备去哪玩？”

我：“哪也不去，老实在家待着。”

全林：“也是，整天琢磨那张照片的事情，也够你受的，过个年是该好好休息一下。”

我们相视而笑，猛然间，我装作很不经意地说了一句：“秦绪龙死了。”

这是我事先设计好的，为的就是打全林一个措手不及。

全林一下子定在那里，片刻后，才张了张嘴巴问道："你说什么？"

我一字一顿地又重复了一遍："秦绪龙死了。"

全林："怎么死的？什么时候的事？"

我："被人捅死的，就在前几天。"

全林眉头紧锁道："你跟他还有联系？"

我："联系倒谈不上吧，前几天他主动来找过我。"

说话间我的目光一直盯在全林的脸上，准确地说是在他的眼睛上，全林被我盯得有些不自然。

全林："你不会怀疑是我杀的他吧？这可就有点荒唐了。"

我："如果我怀疑你的话，早就告诉警察了。"

全林恢复了平静："本来就是没影的事儿。"

我："那天秦绪龙告诉我，肖妮当年的流产不是意外而是有人蓄意谋杀。"

我故意把"谋杀"两个字说得很重，可出人意料的是，全林却出奇地平静。

全林："看来我估计的没错，你已经知道了足够多的事情。不瞒你说小穆，肖妮当年流产是人祸并不是什么稀奇的新闻，我一直都知道，只是不便说出来罢了。"

我："你确定你知道的就是真相吗？"

全林："确定不敢说，但也应该八九不离十吧。让肖妮流产的不是别人，正是她的妈妈，她妈妈一直都反对肖妮生下那个孩子。"

我："所以你也就默认了那个结果是吗？"

全林面露不悦："我只是告诉你我的推断，和我参没参与是没有任何关系的。好了，我有事，先走一步了。"

我慢悠悠地说道："如果不是谋杀，也有可能是因为你有生理缺陷才导致肖妮流产。刘艳流产似乎也是这个原因吧？"

已经走进转门的全林返身走了回来，涨红的脸上怒目圆睁地瞪着我。我则神态从容地望着他，渐渐地，全林脸上的愠色在一点点褪去，到最后竟然冷笑了起来。

全林："小穆，你这个人最大的缺点就是爱自作聪明。想激怒我是吗？你太天真了，以为看到那张检验报告单就一叶知秋了吗？差远了。实话告诉你，我是去医院做了检查，我的身体没有任何问题。而且我还可以告诉你，刘艳流产的原因已经查出来了，是因为她在广州的时候吃了太多的莲雾，你去过两次台湾对莲雾这种热带水果应该不会陌生吧。至于肖妮的流产完完全全是另外一回事，现在明白啦？！"

说完后全林就径直走进转门离开了银行，出门的时候他回头看了我一眼，眼神里颇有些嘲笑的意味。

其实全林的推断是很有道理的，故意让肖妮流产的很可能就是她的妈妈，她妈妈不仅有主观动机还有客观条件。只是她妈妈现在也找不到人了，无法亲自去求证这件事。可是，还是原来那个老问题，这一切秦绪龙又是怎么知道的呢？我自己能想到的答案是：或许他并不知道，只是以此来骗钱，又或许还有一些我不知道的隐情在里面。不管怎么样，秦绪龙已经死了，很多事已经无从考证。事情本来已经有些明朗了，现在却又重新陷入复杂之中。

第二十八章

浮出水面

紧随而至的春节让我陷入到繁文缛节和迎来送往的苦海之中，也让我暂时远离了调查。大年初六，终于有了一整天属于自己的自由空间，我答应陪妻子去逛逛街，补偿补偿她。

妻子临出门前的化妆总是需要很长时间，我闲来无事用上网来打发这段等待的时间。伸手到裤兜里去掏烟，却掏出了秦绪龙那张被撕成两半的名片来。我把名片放到桌子上拼在一起，名片上的联系电话并不是秦绪龙打给我的那个手机号码，在名片的最下方还有一个业务 QQ。

我照着上面的号码输入到 QQ 查找中，弹出了一个 QQ 名叫“行者”的人，男性，1976 年出生，从资料上看很像是秦绪龙本人的

QQ。想进入空间被提示需要输入 QQ 主人的手机号码，我试着用手机里保存的那个秦绪龙的号码输入进去，显示不正确。我又把名片上的那个手机号码打了上去，这次才进入到空间里。日志上空空如也，相册里的照片倒是不少，里面几乎全是秦绪龙的照片。

我漫不经心地一张张翻看着，当看到“鞍山本溪行”这个相册时，有一张照片引起了我的注意。照片的背景是千山正门口，是一个年轻女孩的单人照，照片右下角显示的时间是 2008 年 5 月 2 日。这个女孩看起来很面熟，我肯定见过她，但却一时想不起来是在哪里见的，在什么时候见的。查看相册其他照片时，又看到两张这个女孩的单人照。她为什么会出现在秦绪龙的空间相册里呢？我正琢磨着，妻子已经化妆完毕喊我出门了。

毋庸置疑，陪妻子逛街的只是我的躯壳，我全部的心思都在苦苦思索着到底在哪里见过那个女孩。慢慢地，妻子也察觉出我的心不在焉，渐渐没了继续逛的兴致。

妻子一脸无奈：“要不你回家吧。”

我一时没缓过神儿，过了好半天才茫然地“嗯？”了一声。

妻子气得扭头就走，我并没有追上去，在她转身的一刹那，我一下子回忆起在哪里见过那个女孩了。随后我马不停蹄地赶回家里，在网上搜索着我想要了解的一切。用了整整三小时，当年肖妮流产的真相逐渐在我脑海里清晰起来，我只需要再打一个电话确认一个细节就可以彻底锁定杀害肖妮腹中胎儿的凶手了。

第二天一早我没有去公司上班，而是直接去了苏铁那里。按照我的意思，苏铁又把王明月叫到办公室来，我的身份依然是警察。王明月来了有一会儿了，可我一句话也没说，只是一直用锐利的眼神审视着这个昨天在秦绪龙 QQ 空间里看到的女孩。

昨天晚上我已经给苏铁打过电话了，不出我所料，王明月的老家果然是广东的。办公室里只有我们三个人，长时间的沉默使空气都变得压抑起来。王明月的眼睛始终游移不定地躲避着我的目光。渐渐地，我看到她的额头有细小的汗珠沁出，并且已经开始坐不住了。我知道是时候了，猛然高喊了一声“王明月”。

王明月被吓了一个激灵，怯怯地“哦”了一声。

我厉声问道：“你没有什么要说的吗？”

王明月有些发蒙，本来放在腿间的双手不住地对搓着，身体开始颤抖起来。忽然，她霍地一下站了起来，大口大口地喘着粗气：“是……是我干的，秦……秦绪龙，是……是我杀死的。”

这倒是我没想到的，看来还有可能一箭双雕，把秦绪龙被害的事也搞清楚。我知道现在最重要的是让王明月平静下来把知道的所有事情都说出来。我用眼神示意了一下苏铁，苏铁会意，上前把王明月按坐在沙发上。

苏铁：“小王，事已至此，你只有老实交待一条路了。”

王明月的眼泪早已盈满眼眶，哽咽着“嗯”了一声。

我：“王明月，你是广东人，你们当地有一种叫水蒲桃的水果你应该很熟悉吧？”

王明月低着头没说话。

我：“你也应该知道，水蒲桃如果孕妇吃多了的话很容易造成流产的。”

王明月依然把头埋在胸前，并且更低了，两侧的头发也垂了下来。

我用不容置疑的口吻继续说：“我在问你话呢，回答我。”

王明月这才从嗓子眼儿里挤出了两个字：“知道。”

我高声斥责道：“那你还把经过浓缩提炼的水蒲桃粉冲给肖妮喝？！你是畜生吗？”

通过水蒲桃粉来查出真凶，既要感谢肖妮的日记又要感谢全林带给我的灵感。我最开始是通过莲雾展开的搜索，后来才知道莲雾原来还有另外一个名称——水蒲桃。

此时的王明月已经彻底崩溃，“哇”的一声号啕大哭起来。

王明月：“是我对不起肖姐，都是我的罪过。这些年来我没睡过一个安稳觉，多少次从噩梦中惊醒。可是，我也是受害者，是秦绪龙那个衣冠禽兽骗了我……”

说到这里，王明月已经泣不成声了，苏铁不得不再次对她进行安抚，以便她能完整地说出事情的原委。王明月喝了一点热水后，情绪终于慢慢平复了下来。

王明月：“我是 2005 年考上大学后来的大连，大二的时候认识的秦绪龙。那时我并不知道他已经结婚了，他也一直都自称是未婚。通过一段时间的接触，我们产生了那种感情，他花了很多心思，我也完全被他给迷住了。后来一个很偶然的机会，我发现秦绪龙早就结婚了，还有一个儿子。当我质问他时，秦绪龙声泪俱下地向我痛诉自己婚姻的不幸，说他当初是被肖姐给骗了。其实他早就提出离婚了，只是肖姐一直拖着不办。他还跪下来向我保证，在我毕业之前一定把离婚的事办妥，等我一毕业就结婚，还给我安排工作。我快毕业的时候秦绪龙真的通过关系把我安排到行里来了，但他真正的目的是让我监视肖姐。我是偶然发现肖姐怀孕的，当时真的是晕了头了，我误以为孩子是秦绪龙的，再加上一直怨恨肖姐缠着秦绪龙不放，就做出了那样的事。后来慢慢地我才了解到事实并不像秦绪龙说的那样，从头到尾他都在骗我，他就是一个垃圾、流氓。可惜已经太晚了，大错早已筑成，也把我自己给耽误了……”

王明月那边说着，我这边在心里盘算着：就算王明月也是一个受害者，她犯的错误也不能让人原谅。至于她自己主动承认的是她杀死的秦绪龙就更不可信了，秦绪龙再不济也是一男的，岂是王明月这个纤弱娇小的南方女孩能杀得了的？即使真是她杀的，也一定有同伙帮助她共同完成。

经过我和苏铁连唬带诈的一通询问，王明月终于说出了实话。原来她看清秦绪龙的真实面目后就断然提出分手。可是，秦绪龙不仅继续纠缠王明月，还用告发她杀害肖妮腹中胎儿的事来威胁，并且这些年来一直借此事来向王明月勒索钱财或者提出性要求，对此王明月苦不堪言。王明月结婚以后，秦绪龙依然没有停止对王明月的骚扰，在向我索要信息费的同时，秦绪龙又一次对王明月进行敲诈，这次王明月终于忍无可忍把整件事都向自己的老公和盘托出。她老公怒不可遏地去找秦绪龙算账，最终的结果是秦绪龙死在了王明月老公的刀下。

又一个家庭被秦绪龙搞得分崩离析，而我却认为王明月是罪有应得。我终于有了向全林“炫耀”的资本，这个自以为是的家伙一直被蒙在鼓里。就在我准备告诉全林真相的时候，苏铁打来电话告诉我，王明月在老公去公安局自首之后就疯了。她也确实是命苦，这么多年来一直生活在秦绪龙一手编织的噩梦里，在最后时刻我对这个女人多少还是有了一点点的同情。

第 二 十 九 章

“古董”手机

在涛子的帮衬下，全林在银行承兑汇票贴现方面的业务能力也长进了不少，不仅可以提供票源，有时候也能利用刘艳在银行的一些客户资源联系资金。这是预料之中的，也是我最愿意看到的局面。

3 月的一天，我和全林又一次相约做票，不过，由于沟通上的误差，在实际操作的过程中出现了一个小意外。但正是这个小意外，却让我有了一个天大的收获。

事情是这样的，本来全林联系到的票源是其他银行的，可我却误以为是在刘艳工作的银行做。一大早就和资金方一起直奔刘艳工作的银行，在银行门口停车的时候，正巧刘艳从银行里走出来。看到我后，刘艳一脸的惊奇。

刘艳："你怎么到这儿来啦？"

刘艳的气色不错，也比以前胖了一些，看来身体调养得不错。在搞清楚误会后我告别了刘艳，转身准备回到车里，刚打开车门正准备上车时，刘艳却追了上来。

刘艳："帮个忙，全林今早走得急，手机忘拿了，帮我把手机带给他。"

刘艳边说边递过来一部手机，就是全林的那部"古董"手机。我心中窃喜，这是一个千载难逢的好机会，赶忙一把接过手机。

刘艳有些尴尬地说："不知和全林说过多少次了换一部手机，他就是不听，也不知道他是怎么想的。"

我不确定刘艳是不是真的不知道全林一直不换手机的原因，但我很快就知道是为什么了，因为手机里有太多和肖妮的过往信息。坐回车里后我用最快的速度把全林手机里的所有信息都查看了一遍，得到了不少有价值的信息。

第 三 十 章

节外生枝

随后的一段日子里，我忙于公司年报的编制工作，也想利用这样一个缓冲来平复整理一下自己的情绪。但还是事与愿违，那天接到的两个电话让我再一次坠入深渊。

第一个电话是涛子打来的，早上不到六点，我还在睡梦中，放在床头柜上的手机骤然响起了那首《因为爱情》。我闭着眼睛摸索着把手机放到耳朵上接听了电话，没等我“喂”字说出口，涛子就抢着说道：“如果一个人是意外死亡，有没有可能一生中所有伤害过他的人都会遭到报复？”他的声音有些颤抖，显得十分慌乱。本来我就不太清醒，他还没头没脑地来了这么一句，我一时没反应过来，只是“嗯？”了一声。

涛子很急迫地说："我想马上见到你。"

涛子的反常让我的大脑不得不迅速进入高速运转状态，我知道一定是有什么紧急的事，答应他中午一起吃饭见面细聊。可让我深感意外的是，早上八点半，当我来到办公室时却发现涛子已经在等着我了。他脸上胡子拉碴的，头发蓬松凌乱，一对小三角眼下拖着两个大眼袋，一看就知道没睡好。

涛子看到我就好像见到了救世主一样，上来一把抓住了我的胳膊。

涛子："我实在是等不急了，咱们出去说吧。"

胳膊被他紧紧抓住，很不舒服，他手上明显用了全部力量，仿佛我的胳膊就是一根救命稻草。

我领他来到公司会客室，还没等坐定，涛子就急着说道："还记得以前你给我讲过的一个故事吗？就是红色丰田车那个。"

我怔怔地望着他，有些茫然。

涛子一脸焦急："你不记得了吗？就是那个在立交桥上，有一辆红色丰田车引路，最后才知道事情真实经过的那个。"

我："你先冷静一下，喝点咖啡，也让我好好想一想。"

我起身走到门口，拿起门旁的内部电话跟客服部要了两杯咖啡。很快，两杯热气腾腾的咖啡就送到我和涛子的面前。

涛子把咖啡往我这边一推："我喝不惯这玩意儿，你自己来吧。"说完他从包里掏出一包烟来，抽出一根，却好半天没点着。

我见状帮他点着了烟，随后用小勺慢慢搅动着咖啡，随着咖啡在杯子里有节奏地转动，涛子所说的那个故事也一点点被我回忆了起来。那是我很多年以前讲过的一个小故事：

赵川和杜秋月相爱多年，历经波折，最后终于修成正果。婚后的生活很幸福，赵川是一家大公司的老总，杜秋月帮他一起打理公司，担任公司财务总监，日子过得既富足又充实。不过，他们也有一个小烦恼，婚后不久他俩就遇到了一桩怪事。每晚下班回别墅路过一座必经的立交桥时，都会出现一辆红色丰田跑车挡在他们车前，时而别车，时而鸣笛挑衅，反反复复。杜秋月是一个谨小慎微的女人，不想惹事，每次都让赵川把车子停到一边去。可每次那辆红色丰田车也会故意停在杜秋月他们车子的前面，就那么停着，车里也没有人下来挑事，赵川好几次想下车理论，都被杜秋月死死按住。等个一刻钟的工夫，红色丰田车就会开走，杜秋月和赵川接着才开车回家，每次都是如此。白天路过的时候没事，一到晚上就出现这种情况。

一年前，杜秋月的父亲杜忠诚在一场车祸中意外丧生，当时赵川还是杜忠诚的司机。事故发生时，赵川正是由于一辆红色丰田车的突然出现，导致措手不及翻了车。现在又凭空冒出来一辆红色丰田车，杜秋月觉得事有蹊跷，私下里通过调查得知，在事故发生后的第一时间，杜忠诚其实并没有死，是赵川故意见死不救拖延时间才造成杜忠诚最终的死亡。因为杜忠诚一直不同意赵川和杜秋月在一起，一次意外事故给了赵川一个“扫除障碍”的机会，只是一念之差，他犯下了一个不可饶恕的错误……

这就是我对那个故事的全部回忆，结尾实在是记不清了，印象中好像是赵川最后受到了惩罚死掉了。我很纳闷，这个很久以前讲过的故事和眼前惊慌失措的涛子有什么关系。

我不解地问道：“怎么突然想起这个故事了呢？”

涛子：“说出来你别不信，同样的事情现在正发生在我身上。”

我疑惑道：“我不明白你的意思。”

“情节几乎一模一样，有辆路虎车最近一直在我车周围转悠，就像故事里那辆红色丰田车一样，真的。”说这话的时候，涛子的眼睛里一点神儿都没有，显然受到过很大的惊吓。

我：“大概有多久了？”

涛子：“有一个多月了，都是发生在晚上，而且都在同一路段。”

我：“这就奇了怪了，本来就是一个故事，怎么会发生在现实中呢？”

涛子：“也可能它原本就不是故事呢？”

我：“此话怎讲？”

涛子：“如果故事是编造的，是绝不可能在现实中一模一样地再次出现的。我现在很想搞清楚一个问题，你当初是从哪里听到那个故事的，故事的出处找到了，也许就能找到解决的办法。”

我不禁摇了摇头：“这就难了，时间过了这么久，我怎么可能记得起来呢？”

涛子：“那你记不记得，故事里的那个赵川最后死了没有？”

我：“好像是死了。”

涛子登时愣在了那里，直到一节长烟灰落到手指上，他脸上的表情才有了些许的变化。

涛子站起来走到我面前：“哥们儿，你一定要帮帮我，一定要找到那个故事的出处好吗？”

看着他格外凝重的神情，我似乎没有拒绝他的理由。虽然公司年报的编制工作正处在最紧张、最繁忙的阶段，但我还是答应利用业余时间来帮助他。看到我答应了，涛子长叹了一声，暗淡无光的脸上终于露出一丝笑意。随后我又安抚了他几句，就送他到电梯间了。就在涛子走进电梯里，我在电梯外已经抬起手准备说再见的时候，涛子突然又从电梯里跨了出来。

涛子一脸诚恳地说道：“陪我住一段时间吧！”

眼前的涛子就像一个受了委屈的孩子，让人看起来感觉特别可笑。电梯间还有其他人在等电梯，这时候都在朝我和涛子这边看，反而把我弄得不好意思了。

“好好好，我陪你住。”我赶紧含含糊糊地应付着涛子。

好不容易把涛子送走了，我心里却七上八下起来。涛子今天的反应太反常了，在我的印象里他一直是一个大大咧咧的人，对什么事都是满不在乎的样子。今天缘何被吓成这个样子，甚至还让我去陪他住，仅仅就因为有一辆车在骚扰他吗？不可能，我推断他一定隐瞒了一些事情。在那个故事里，赵川是因为做了亏心事才遇到了那种情况，莫非涛子也做了什么不好的事？这种可能性是存在的，我忽然不敢往下想了。

《因为爱情》的歌声在这时想起，手机屏幕上显示来电的人是全林，我很随意地接听起来。

电话一接通，全林略带有几分兴奋的声音传进了我的耳朵，我有些意外，这不太符合他一贯的性格。

“小穆，我现在在周水子机场，一会儿就要上飞机了，报了一个团去台湾，刘艳也去。我将会按照你上次的路线，再走一遍台湾。本想让你也一起去的，但我知道，你肯定不会同意。没关系，在台湾我会每天给你发一个动态消息，相信等我回大连后，那张照片的事差不多就能真相大白了。”

全林的话对我来说是一个更大的意外，不知道他葫芦里卖的是什么药。

“哦，那祝你一路平安。”我心不在焉地说了一句。

“那好小穆，一周后我们大连见吧。”

结束了和全林的通话，我思考的重心已经完全偏向了全林的这次台湾之行。全林费尽心思设这么大一个局的目的到底是什么呢？

还专门跑到台湾去，他到底想干什么？最重要的是，他信心满满地说回来后能知道事情的真相，真的可以吗？看来有必要重新审视一下这个让人难以琢磨的全林了。他说每天发一个动态消息又是什么意思呢？还有刘艳竟然也去，那次明明听刘艳说过，所有全林和肖妮去过的地方，全林都不会和刘艳一起去，现在已经变了吗？我心里突然产生一丝愤愤不平的情绪。

不过还好，这种情绪很快就被一大堆报表淹没了。我甚至已经忘记了时间的存在，直到涛子再一次来到我的办公室。他是开车来接我去他位于新星绿城小区的家的。

坐在涛子的英菲尼迪里，我一点也没觉得舒服，刚刚向妻子“请假”的时候，又被她抱怨了几句，加上涛子早上说的事，让我觉得十分别扭。涛子破天荒地没开车里的音响，在往常，音响声起码得有 70 分贝，涛子的嘴上更是没一刻闲着的时候。但今天的涛子却很沉默，直到快要到商务学院的时候，涛子才开了口：“注意，那辆路虎车快出现了。”

涛子目不转睛地盯着前方，我的心跳也开始加速起来。可是，过了商务学院却并没见到有什么路虎车出现。正当我一脸疑惑地望向涛子时，突然，一辆蓝色路虎车呼啸着从我们车子的右后方冲了出来，很快挡在了我们车的前面，涛子狠踩了一脚油门又变道反超了那辆路虎车，在超车时我看了一眼那辆车，对方车窗紧闭，而且全是黑色的车玻璃，看不清车里的情况。

涛子的驾驶技术还不错，无奈却不是对方的对手。尽管中途两度超车，但很快就被追上，一路别别停停，一直被那辆路虎车压制着，好几个信号灯口都被路虎牢牢地挡在后面。这事搁平时，依涛子的性格早就开骂了，但此时他似乎已经被磨得没了脾气，一路上一声也没吭。好不容易在一个信号灯前，对方慢慢降下车速，同时让开了车道，涛子这才得以脱身，开着车一溜烟地跑回了家。

刚一进屋，涛子连鞋都没脱就一屁股坐到了地板上。

“看到了吧！看到了吧！这回应该相信我说的话啦！”

涛子惊魂未定，额头上尽是豆大的汗珠，上气不接下气地喘着粗气。

我则一言不发，一边伸手拍了拍他的肩膀，一边在脑子里回想着刚才的一些细节。

涛子家很大，有200多平方米，是复式的两层，平时就他一个人住，偌大的客厅里零乱不堪，一地的空啤酒瓶，各色不同的衣服、袜子散落在沙发上、地板上，茶几上的水杯旁竟然还有一条脏兮兮的内裤。我来到涛子的卧室，目光所及之处，尽是一片狼藉，还有一股馊味扑鼻而来……

别看涛子才三十多岁，身家却早就过了千万，三年前开了一家小额贷款公司，自己担任总经理。但是我知道他的发家全靠打擦边球，做一些违规的金融业务。

晚饭叫的外卖，涛子又拿出一箱啤酒，想和我好好喝一顿，我一点兴致都没有，拒绝了涛子的提议。于是，涛子就自己喝了起来。

“那个故事的出处想起来了吗？”涛子直奔主题。

我摇了摇头：“没有，时间太久了，一时半会儿哪能想得起来？不过，我确定那个故事肯定不是听别人讲的，应该是在天涯或是百度贴吧，或者其他网站上看到的，等我再查一查吧，看看有没有什么解决的办法。”

“好，好。”涛子忙不迭地点着头。

涛子看起来十分颓废。很快，两瓶啤酒就见了底，涛子又准备开一瓶，被我拦了下来。

我：“少喝点吧。”

涛子苦笑了一下，手上却还是打开了那瓶啤酒：“还是喝吧，喝醉了就见不到她了。”

他这句话基本上印证了我之前的判断，果然还有其他的细节涛子没说。

又是两瓶啤酒下肚，涛子舌头也大了起来。

涛子：“今天……晚上，咱们要……要……要一块睡，不……不一块睡，不是好哥们儿。”

我笑而不语，心里却有几分同情，人高马大的涛子竟然被吓成了这样，无论一个人有多么坚强的意志，在一些常理无法解释的现象面前还是显得那么渺小。涛子最终还是醉了，这是他想要的状态，醉了就什么都不知道了，即使有危险来袭也不会害怕。这倒是和我在杨蓉岭村的那次醉酒如出一辙。

我把涛子扶进他的房间后，上了二楼随便找了一间房间躺了下来。我独立惯了，不习惯和别人睡一间房，结婚后和妻子的同床共枕也是磨合了很久才逐渐适应的。

不知为何，虽然身在涛子家，但我的心思却全在全林身上，这个时候全林应该已经到台北了。不知道他的这次台湾之旅会有怎样的见闻。

第二天的遭遇就是前一天的翻版，仍旧是涛子晚上开车来接我回家，然后又出现了那辆路虎车，再然后就是被那辆路虎车一顿“蹂躏”……

“真他妈的邪门！这要到什么时候才是个头儿？！”涛子刚一进门就沮丧地骂道。

“没想过换一条行车路线吗？”我问。

“没用的。”涛子无奈道。

我没再说话，上前拍了拍涛子，以示安慰。

吃晚饭的时候，涛子又要开啤酒，被我一把抢下了瓶子。

我严肃道：“我来这儿陪你，不是为了看你喝醉的。”

涛子愣愣地盯着我。

我接着说：“喝醉不是办法，总会有醒的时候，总还要面对现实。”

涛子的眼神慢慢黯淡了下去，颓丧地瘫在椅子上。

我："没关系，解决问题就可以了，我会帮你的。"

涛子的脸上陡然露出一点神采，上半身一下子弹了起来，头凑到我这边，伸手一把按住我的肩膀，语无伦次地说："你会帮我的对吧？一定会解决的是吧？"

我微微点了一下头："但你必须和我说实话，必须把整件事的来龙去脉都告诉我。"

涛子又犹豫了，他似乎有什么难言的苦衷，支支吾吾了半天也没说出一个完整的句子。我知道必须对他进行一些引导："涛子，你一定对我隐瞒了什么吧？不然这件事不会无缘无故招惹上你的。"我的语速非常慢。

涛子放下手中的筷子，头垂得很低，好半天才开口说话。

涛子："你说得对，不会无缘无故摊上这事的。五年前，我曾经在那段路上撞了一个人。"

我诧异道："和那辆蓝色路虎车又有什么关系呢？"

涛子："当时我和那辆蓝色路虎车相向而行，我先把那个人给撞飞了，那个人弹到路虎的车窗上，滚落了下去，路虎车一个急刹车停了下来。"

我："然后呢？那个人死啦？"

涛子依然吞吞吐吐地："不知道，我跑了。"

我长叹了一声，原来是这样。

吃完饭，我就上了二楼。不一会儿房门开了，是涛子。他既不进来也不说话，就那样傻站在那里看着我。

我连忙走上前：“怎么啦？”

涛子似乎有话要说，却欲言又止。

我焦急地问：“又出什么事了吗？”

涛子颇为无奈地摇摇头，转身下了楼，把我一个人晾在了那里。涛子现在越来越神经质了，我不禁有些担忧。

不过，此时我更关注的是远在台湾的全林，如果真是按照我上次的路线走的话，他今天应该会去中台禅寺，不知道全林能不能带来意外惊喜。过了不多一会儿，我的手机信息铃声响了，号码不太熟悉，信手点开一看是一段视频。从时间上看是今天刚录好的，视频上的内容我一下子就认出是台湾的一些自然风光和名胜古迹。原来全林说的动态消息指的就是这个，应该是用刘艳的手机发过来的，全林那部“古董”手机不可能拍得这么清晰。

全林他们走的路线果然和我上次的一样，视频的后半段是中台禅寺的影像，显然他这一路上也只不过是走马观花，并没有取得什么有价值的信息。就在我以为今天的动态消息将草草收场时，视频最后的画面却把这次的手机观影推向了高潮。

视频最后一分钟的内容是在四天王殿里拍摄的，只见大殿里熙熙攘攘，各色游客摩肩接踵。在视频即将结束时，我忽然发现一个高大魁梧的和尚匆匆走进画面的右上方，硕大的脑袋格外醒目。在快走到画面中央时，那个和尚无意中朝视频拍摄者这边看了一眼，正好可以看清他的正脸，这一看却让我惊骇不已，他正是我曾经在梦里见到过的那个大头和尚，还没等他走出画面，视频就结束了。我又反复重看了几遍，确认自己没看错。

一层迷雾在心里升腾开来，上次去台湾，我到中台禅寺专门打听过，都说这个人是不存在的。可现在他又出现在视频里，这意味着什么？出现在我的梦里又该怎样解释？我想不明白，却有些相信了全林之前和我说的话，也许他这次真能找出奇怪照片事件的真相。不知道全林在现场注没注意到这个大头和尚，通过视频看应该是错过了。很遗憾，要是全林能当面和他交流一下，也许能有一些意想不到的收获。

“啊！”楼下传来一声刺耳的哀号，打破了夜晚的宁静，也打断了我的思路。我赶紧下楼来到涛子的房间。一进去就看到涛子蜷缩在地上，两只胳膊紧紧地环抱在一起，眼睛直勾勾盯着床上的笔记本电脑，嘴里喃喃道：“她来了，她来了……”我顺着涛子的目光看了一眼笔记本电脑，上面漆黑一片，仔细一看原来电源已经被拔掉了。

我上前蹲下身子安慰正瑟瑟发抖的涛子，可不论我说什么，他都充耳不闻，只是一个劲地说着：“她来了，她来了……”

“啪”的一声，一个重重的耳光打在涛子脸上，这是我的无奈之举。不过，效果还不错，这一记耳光似乎把涛子从另外一个世界拉了回来，他的眼睛里终于有了些许意识。

涛子惊恐万状地一下子扑进我的怀里，嘴里一个劲念叨着：“我不会死吧？我不会死吧？”

我这还是头一回怀里抱着男人，感觉有些别扭，可嘴上还是不住地安慰着涛子：“不会的，不会有事的。”

安顿好涛子后，我又回到自己房间，躺到床上，无数个问号一起向大脑袭来。刚才涛子在电脑里看到了什么？可以确定的是这个肯定不是他第一次看到，不然这段时间他不会总处在惶恐之中。我猜测，涛子还有一些事情没告诉我，可他为什么要对我隐瞒呢？整整一个晚上我都在和不同的问号打交道，脑细胞不知道又死了多少，也累了，在不知不觉中我睡着了。

此后的几天完全就是前两天的复制，全林每晚都会给我发来动态消息，却再没发现什么重要信息，但是他的运气真不错，两次去台湾都去成了阿里山。那辆蓝色路虎车照例会出现在那个路段，两辆车依然会纠缠不清。只不过，涛子的精神状态却越来越差了，害得我每晚都要起夜一次去看看他。我知道，这个时候对他来说，一个很小的恐怖事件都会被无限放大。唯一值得欣慰的是，我几乎把网络搜了个遍，终于找到了那个故事的出处，在一个小城市的网站上，发贴人叫木礁佑村，听起来像个日本人的名字，不知道是不是原作者。故事的结局是赵川在真相大白的当天晚上横死在家里。我用了能想到的所有办法试图联系那个木礁佑村，结果都失败了。

涛子整天缠着我要破解的办法，我被磨得实在没办法，只好模仿电影《非诚勿扰》里葛优饰演的秦奋向神父忏悔的情节，随便拿了一张佛像告诉涛子是开过光的，对着佛像忏悔以前做过的坏事可以减轻受到的惩罚。而这时候精神几近崩溃的涛子对我是言听计从，竟然也同意了。

意外总是不期而至，真相往往就在不经意间。这天深夜，我下楼去卫生间，路过涛子房间时发现门是半开着的。我探头向里面望了一眼，看到涛子正在使用电脑，他戴着耳麦背对着我，屏幕也被他挡住了一大半，好像是在和谁视频。就在我要收回目光时，涛子却突然从椅子上轰然倒在了地板上，这回我可以看清电脑屏幕了。没想到，这一看却让我目瞪口呆。屏幕上是一个女人的动态影像，虽然多年未见，但我还是一眼就认出了她——竟然是尘菲。

与此同时，涛子瘫坐在地上，浑身筛糠般不住地颤抖。尘菲正在屏幕里表情狰狞地不知道说着什么，声音我完全听不到。我连忙跑进屋里，精神已然恍惚的涛子对我的突然闯入没有任何反应。可是，就在我来到电脑前那一刻，屏幕里的尘菲却一下子消失了，我仔细看了一下界面，原来尘菲和涛子刚才真的在视频，尘菲那边刚刚中断了视频，QQ 头像显示还是在线状态。我只觉得身体快要爆炸了，旋即俯身揪住涛子的衣领，硬生生地把犹如一摊烂泥的他给拎了起来。

我厉声问道："你当年到底都做了什么？"

涛子有些胆怯，嘴巴半张着，却什么也说不出来。半晌，我看到他的眼睛里有晶莹的东西在闪动。我缓缓松开了手。

涛子哭诉着说："我，我发誓她后来的死和我一点关系都……"

他的话还没有说完，我已经连出两记重拳打在他的面门上，涛子随即仰面倒地，两个鼻孔有鲜血喷出。

我："我说过的，只有你说实话才有可能活命。"

涛子挣扎着坐了起来，随手擦了一把鼻子流出来的血，有气无力地说道："我也想向你说实话，可是，你对她的感情那么深，如果我说实话的话，你肯定不会帮我的。而且，你也不会放过我的。"

我不耐烦地向涛子摆了摆手，不想再听他说下去。涛子却径自说起了事情的整个经过。

事情的真相是：五年前，一次酒后，涛子企图在自己的车里非礼尘菲。尘菲挣扎着逃出车外，被一辆路过的蓝色路虎车搭救，从那以后两人就断了来往。今年年初，涛子意外听说尘菲得脑瘤去世的消息。可是，最近一段时间却接连发生怪事，这才有了后来发生的一切。

我连夜离开了涛子家，他说得没错，我是不会再帮他了。我绝不允许任何人对尘菲有哪怕一点点伤害。如果有谁真的伤害了尘菲，那我绝不会放过他。至于涛子说的尘菲已死，倒确实是真的，尽管我不愿意相信，但之前我已经通过一些渠道验证了这个消息。

真没想到事情竟然是这个样子，回到家后我又是一夜未眠。第二天一整天心思都不在工作上，为昨夜的事，也为在台湾的全林。按照行程计划，已到了全林在台湾的倒数第二天了，他将会去三峡镇。不知为什么，一想到三峡镇，我的心就下意识地揪了起来，不知道全林在那里又会有怎样的遭遇。

这一天果然不寻常，晚上快到十点了，全林的动态消息还没发过来，他不会有事吧？忽然有些担心他的安全。妻子早已经睡下了，我一个人拿着手机坐在客厅的沙发上，静静地等待着，怀里像是揣了一只小兔子，上蹿下跳的。

全林的动态消息终于在接近十一点的时候发了过来。与前几天不同的是，视频的内容不是一天行程的流水账。一上来就是一个局部场景的大特写，我仔细一看，分辨出是三峡镇上的那个小服装店。全林果真找到了那里。画面上紧接着出现一个人，正在收银台上点钱的，居然是那个收银大姐。我差点没晕过去，简直太不可思议了，到底我的哪一次经历才是真的？视频最终定格在全林的脸上，他在画面上发表着感言。

全林一脸得意地说："原来收银大姐是真实存在的，我一直都不相信有这个人，看来是我错了。八天的台湾环岛游马上就要结束了，明天就要回到美丽的家乡大连。小穆，不知道我的动态消息能否让你满意，回去咱们好好谈谈吧。"

放下手机，我心乱如麻，事到如今，三峡镇和那位收银大姐愈加神秘莫测起来。老天也似乎有意在捉弄我和全林，同一件事物竟然在我们俩面前展现出不同的模样。

涛子在接下来的几天里，如同先前的秦绪龙一样对我进行着各种形式的骚扰，他乞求能重新得到我的帮助，这又怎么可能呢？尽管如此，我还是告诉了他一个破解的方法：转化。不过，这和《舌尖上的中国》里食物之间的转化完全不同。它的准确名称其实应该是转嫁，说白了就是把灾难转移给另外一个人。现实真能如此吗？让我们拭目以待吧。从台湾回来后，全林几次约我见面都被我拒绝了，我在等待一个契机。

音频到这里又中断了，但显然故事并没有结束。我希望作者能早点发来故事的结局，但十天过去了，无论我在邮件里怎样催促，作者却始终没有回音。

无奈之下，我先把《一张可怕的照片》作为重点选题上报给了公司领导，领导的回复很快就下来了。不仅顺利通过了选题，还特别强调一定要联系到故事作者。这不仅仅是为了支付稿酬，也为了以后更多更好的合作，像这样的人才现在的确是凤毛麟角。可是，实际操作起来却不容易，故事作者一直没理会我连续发的多封邮件。

没办法，人家不搭理我，我只能自己寻找线索。对于故事作者我唯一知道的信息就是那个发件邮箱，邮箱账号是一串英文字母。我受故事里的一个情节的启示，把那串英文字母在QQ、微信、微博上都搜索了一下，却什么都没发现。

这下我也不知道该怎么办了，只好天天让邮箱处于登录状态，期盼着作者的回复。这天早上刚上班，郑雪就来到我的隔断里，一脸神秘地说道：“莎莎，我发现了一个惊天的秘密。”我茫然地睁大双眼。

郑雪：“其实尘菲就是肖妮，我大概也猜到了故事的结局。”

我很好奇：“你具体说说看。”

郑雪：“你还记得在故事开头，故事里的‘我’搜索到全林的QQ时，全林的QQ签名是什么吗？”

我：“好像是一句诗。”

郑雪：“没错，‘关雎宫里藏深爱，痴情最是皇太极。’”

我：“对，是这一句。”

郑雪：“你知道关雎宫里住着谁吗?

我摇了摇头。

郑雪：“海兰珠。这句诗讲的是皇太极和海兰珠的爱情。全林对肖妮的爱就像皇太极对海兰珠一样，而皇太极和海兰珠最后的结局却是海兰珠在很年轻时就死掉了，所以我猜肖妮也死掉了。”

我忍不住点了点头：“听起来好像很有道理，你又是怎么发现的呢？”

郑雪不无得意地说：“我现在正在做的这部有声小说讲的就是皇太极的后宫事。这几天一直在做案头工作，刚才我无意中发现了一个细节，海兰珠的封号是宸妃……”

郑雪边说边随手找了一张废纸，拿笔在上面写了四个字：宸妃，尘菲。

郑雪："这不可能是巧合吧，很明显是作者有意为之，后来我把整个故事前前后后又串了一遍，就得出了这个结论。"

我若有所思："作者很用心，看来很有必要再重新听几遍这个故事。"

郑雪附和着点了点头。

说干就干，在接下来的时间里，我又仔细地听了三遍《一张可怕的照片》这个故事，又有了许多新的感悟。故事里有许多看似无用的"过场戏"其实都暗藏玄机，几乎没有一个多余的情节，不少看似不经意的小细节都隐含着一些重要信息或特殊寓意。作者在伏笔和隐喻的安排上相当巧妙，整个故事在逻辑和内容编排上可以说是严丝合缝。举一个例子：我一直觉得故事里的"我"在涛子家看到涛子和尘菲视频的情节缺乏一个合理的解释。因为故事在后面交待了尘菲早就死了，和死人视频是不可能发生的事，这应该是作者的一个漏洞。但在重听之后我发现，这个问题的答案其实隐藏在"我"在杭州时回忆起来的那个有关保管箱的故事里。像这样的例子还有很多，可以想见，能如此滴水不漏，作者在正式讲述之前肯定是有一定的通盘考虑的。《一张可怕的照片》是一个需要反复研究才能体味其独特韵味的精品。我不得不佩服故事作者的高明，也更加迫切地想要知道故事的结局，我要马上找到这个人。

我一边这么想着，一边踱步到窗前。窗外一片朦胧，漫天的黄沙严重阻碍了我的视线，北京的沙尘暴天气越来越严重了。那个作者正如外面的天空一样，披着一层神秘的面纱，让我非常迷茫。突然，我脑海里闪过一丝火花。《一张可怕的照片》这个故事一直是用第一人称在讲述，那个“我”会不会就是作者本人呢？

郑雪十分赞同我的这个想法，并且立即通过她在大连的亲戚朋友帮忙打听。结果竟然出奇得顺利，郑雪只是按照“大连上市公司证券事务代表”“去年年底时曾组织到台湾旅游”这两个线索，就在仅仅半天后找到了《一张可怕的照片》的作者。让我和郑雪都没想到的是，故事作者的名字竟然就叫全林。原来真的有两个全林，不过，为了避免产生混乱，在这里，我还是称呼故事作者为小穆。

第二天中午，我就专程赶到了大连。可联系小穆却不太容易，在电话里他反复强调只是讲一个故事而已，不想和我们网站有进一步的接触。后来经过我一再沟通，他终于答应和我见一面。

晚上七点，在大连最繁华的青泥步行街附近的一家咖啡厅里，我终于见到了小穆。

“你好，请问你是北京来的袁莎莎小姐吗？”

这个男低音对我来说一点都不陌生，整个《一张可怕的照片》就是通过这个声音走进我的内心世界的。但是，还是让我稍感意外的是，小穆竟然有着十分健壮的身材。

我和小穆互相打过招呼后，场面随即陷入沉闷，小穆好像并不太善于言谈。大概心思缜密的人都是这样吧，我是这样理解的。我心里明白，要想让眼前的小穆能像音频文件里那样娓娓道来，我只能通过和他深度剖析《一张可怕的照片》来实现。

果不其然，在我把自己对故事的一些理解讲出来后，小穆的话匣子渐渐打开了，态度也热情了不少。

……

我：“那么，我是不是可以这样理解，故事中的‘我’就是你自己？”

小穆不置可否地苦笑了下，犹豫了片刻，终于点了一下头。

我的脑海里迅速闪过故事中肖妮和两个全林之间那些曲折坎坷的情感历程，我完全能够理解他的苦笑所包含的内容，所以故意把话岔开：“我很想知道这个故事的结局，你为什么没有发给我呢？”

小穆：“其实我是无法讲下去了，我不知道该不该把最后一个文件给你。你已经知道，故事中的‘我’就是现实中的我，如果我把现实中的结局直接讲给听众听，恐怕会和前面的情节有一些冲突。但要脱离现实去编一个结局，我又编不出来。”

听他这么说，我已经彻底“晕”了。

我：“我被你搞糊涂了，能不能把故事的大结局告诉我呢？”

小穆：“好吧。”

他给了我最后一个音频文件，我迫不及待地戴上了耳机。

第 三 十 一 章

真相大白

3 月末的一天，我在紫航海鲜大饭店请苏铁吃饭，以感谢他在这段时间以来对我的无私帮助。以前全林家就住在紫航这个位置上，不知道他是不是也喜欢到这里吃饭。饭后，苏铁提出要开车送我回公司，被我婉拒。

于是，我一个人走在街上。不远处苏铁刚刚起步的车子又停了下来，他从车里探出脑袋大声问我：“大功告成后有什么打算？”我莞尔一笑，并没有回答他。很快，苏铁和他那辆蓝色路虎车就绝尘而去，消失在我的视线里。

苏铁说的大功告成指的是涛子和全林马上要做的一单银行承兑汇票贴现业务。这一单的数额非常大，有 8000 万之多。票源是涛子提供的，全林联系的资金方。按照圈里的规矩，他俩的这一单业务是不需要加我为中间人的，但我很早就知道了这单业务，而且还知道他们这单的票源有问题，是一张假票，一旦做成了，全林作为直接责任人将会面临法律的严惩。对此全林毫不知情，其实我一直在等待的就是这个机会，这就是我告诉涛子的转化方式。但我没告诉涛子的是，我会同时将他和全林一网打尽。

涛子和全林定在 4 月 1 日做那张假票，我在 3 月 29 日的时候就已经向金融稽查部门进行了举报，同时上交了不久前偷偷录好的涛子自己交代的这些年来经济犯罪的录音。万事俱备，只等做票当天收网。

不过，随后的两天我始终都是在忐忑不安中度过的，用尽了各种办法也静不下心来，更是心慌得连续两宿失眠。

好不容易熬到了 4 月 1 日，可越向上午九点他们做票的那个时间节点靠近，我就越心慌得厉害，脑海里排山倒海般地闪过一幕幕画面。我这是怎么了？感觉自己的身体里有一种难以抑制的冲动要喷涌而出。终于，在八点半的时候我拨通了全林的电话，却提示已关机。我赶紧给他发了一条短信告知情况，并且打车赶往他们约定的地点。

我要阻止他们，准确地说是阻止全林，不能把全林送进去，这是我最终的决定。可出乎我意料的是，当我赶到时，涛子正被有关部门带上车，全林却安然无恙地站在一旁，我总算松了一口气。涛子看到了我，挣脱着不上车，用他那对小三角眼怒视着我，我走上前去。

涛子：“原来都是你在背后搞的鬼。”

我义正词严道：“对你这种人，我做的这些算不上搞鬼吧！”

涛子终于被押上了车，仍在不断高声叫骂着。

我淡淡一笑：“去吧，去你该去的地方吧。”

车子缓缓启动，全林一直在一旁斜睨着我，终于轮到我们俩对视了。

全林：“很欣慰你能在最后时刻做出阻止我去做那张假票的举动。”

我定定地看着他，觉得此时的他是那么深不可测。

全林接着说道：“搜集潘涛违法犯罪证据的不仅仅只有你一个人，还有我，向有关部门进行举报的也还有我。”

我态度诚恳地说：“对潘涛实施的报复计划能取得成功，你有一半的功劳。如果不是那次你告诉我潘涛非礼肖妮的详细过程，事情也不会这么顺利。”

事到如今，不可否认的是，在很多方面我都严重低估了全林。

全林：“我想是时候该我们俩好好谈谈了。”

随后，我们一起来到西安路麦当劳，地方是全林选的，这里将上演我和全林之间最后的巅峰对决。

坐下后我们相对无言了很久，最后还是全林打破了沉默。

全林：“知道我为什么选这个地方吗？”

我轻轻摇了摇头。

全林：“这是以前我和肖妮经常来的地方，你现在坐的位置就是肖妮常坐的。”

我：“你对肖妮用情还是很深的。”

全林：“那次分手也是在这里对肖妮说的。”

我：“你也是在这里动手打的肖妮。”

全林喟叹了一声：“没错，我打了她之后就转身走了，肖妮追了上来一把抱住我，她的眼泪落在了我的手上……”

全林说得很动情，声音也一点点低沉了下来，到最后竟然说不下去了，场面再次沉闷起来，我只好换了一个话题。

我：“你是从什么时候开始发现我有问题的？”

全林：“这个很早了，也是一个偶然，有一次在肖妮的QQ空间里，我意外发现了你的QQ痕迹。其实从一开始我就怀疑你，谁会无缘无故地这么热衷于调查一件和自己毫不相关的事呢？于是，在我们第二次做冲量业务的时候，我让刘艳通过关系搞到你带去的那个资金方的电话号码。后来通过套那个资金方的话，我惊奇地发现你竟然和我同名，竟然就是肖妮和我提过的那个全林。但我并没有马上揭穿你，我很好奇你编造出那些离奇经历的最终目的到底是什么？”

我：“于是你就将计就计，骗我说你也在梦里看到照片里的肖妮转过身来了是吗？来和我玩一场游戏？”

全林：“没错，就是这样。”

我：“那件绿色T恤出现在我办公桌上也都是你一手策划的吧？”

全林：“是的，也是受你把那件T恤放在我办公桌上的启发，我为什么就不能吓唬吓唬你呢？那段时间你的感觉很不好受吧？本来事情一直由你来主导，但慢慢地你却发现有些事并不在自己的掌控范围之内了，很难受吧？呵呵，但杭州老太太的那个恐怖传言我确实不确定是不是和肖妮最后出的意外有关系，但我料定你肯定会去调查清楚的，事实也的确如此。”

我淡淡地说道：“厉害，那天我们一起烧掉的那件绿色T恤不是肖妮的那件吧？”

全林：“那是自然的，我怎么舍得呢？那件T恤是情侣装，烧掉的是我那件。”

我：“这一点我也猜到了，既然你这样先知先觉，那你知道我做这一切的目的吗？”

全林：“坦率地讲，我不知道，也一直在寻找答案。只知道你对我一直都有着很深的敌意，而且我也能明显感觉到你知道一些和肖妮有关的重要信息，这也是我最想知道的。我也一直都试图让你对我产生信任，但最后都失败了。现在我把自己知道的所有内容都告诉你了，该轮到你了吧？全林先生。”

我缓缓说道："你说得并不准确，我对你并不仅仅是很深的敌意，而是深到骨髓的恨。当年我向肖妮求婚，她却对我说：'对不起，我不能再欺骗我自己了，我爱的只是你的名字。'呵呵，她爱的只是'全林'这两个字。"话说到这儿，我突然被咽住了，胸口有一种针扎似的难受，那次求婚失败是我心中永远的痛。

我强忍着难受，闭上眼睛深呼吸了一下，这才勉强继续说道："我爱她爱得那么深，可她心里却只有你，我只是你的影子。我始终都不甘心，为什么在肖妮的生命里我注定只能是一个过客，只能留下一个落寞的背影。我用了整整九年才从那个阴影里走出来。整整九年，你永远都不会知道那种滋味！"说到最后，我吼了出来。

我长叹了一口气，感觉身体里有一股股热浪在不断向外翻涌着："2011 年的时候我出差去北京，在一家医院探望客户的时候意外遇到了也在那里治病的肖妮。她病得很重，是一种精神类的疾病，时而清醒时而恍惚，犯病时常常头痛欲裂，浑身战栗不止。"

全林急切地问道："她怎么会得那种病呢？"

我："其实肖妮有很多事情你并不知道，在那次你提出分手之后，肖妮的精神状况就已经很差了。再经过失去那个孩子、意识到永远都不可能和你在一起等等一系列的打击之后，她的身体终于支撑不住了，在 2009 年年底的时候彻底发病。随后她父母就举家搬到北京专门给肖妮治病。北京那边的医疗条件要好一些，也能避开你，他们二老心里清楚，你的存在是肖妮治疗的一个最大障碍，必须封锁肖妮和你之间的联系。”

全林插话道：“那她现在人在哪里？病情怎么样了？”

我沉吟良久：“她死了，就在去年的6月21日，你和刘艳婚礼的前一天。”

全林瞪大双眼难以置信地问道：“死啦？！”

我顿了顿：“嗯，经过长时间的治疗后，肖妮的病情非但没有好转，反而在向精神彻底失常的方向发展。万般无奈之下，她冒险选择做开颅手术。但是很遗憾，最终失败了。”

全林整个人呆滞在那里，脸上溢满悲戚之情。

我继续说道：“肖妮的死更加剧了我对你的仇恨。在我看来是你把肖妮害死的，我内心深处所有人性恶的一面都被激发出来，我决定用我的方式来惩罚你、折磨你。为此我谋划了很久，直到和妻子一起到台湾度蜜月时，意外听到那个收银大姐和同事闲聊的一个和照片有关的离奇故事，我对你的报复计划才最终成形。但是，计划实施得并不顺利，虽然打乱了你的生活，同时也彻底搅乱了我自己的生活。更重要的是，我发现对肖妮的深爱一直在牵绊着我自己，我心里清楚，如果肖妮在世的话是绝对不会允许我伤害你的。我脑子里时常出现两个自己在打架，一个说：‘为了肖妮放弃吧。’另一个则说：‘不，一定要置那个罪人于死地。’自始至终我都处在这种矛盾状态中。”

全林显得很颓废：“你最终还是选择了放弃。”

我："我选择放弃的原因有很多，那次在你手机里我看到了那么多你和肖妮的过往信息对我的触动很大，其实你也很爱肖妮的。另外，刘艳也是一个让我最终选择放弃的重要因素。我虽然非常恨你，但是对刘艳却有一种亲切感，在她身上我仿佛看到了原来的自己。"

此刻，全林的眼神已经彻底空了，对我刚才讲的话没有丝毫的反应，我不得不提高声调把他的思绪拉回现实世界。

我："肖妮在做开颅手术之前，拜托我一旦她遭遇不测就替她转交给你一封信。"

我从怀兜里掏出一个信封递给全林，他赶紧接了过去，打开了信封，信的内容我之前曾经看过无数遍：

全林，我最爱的男人。很遗憾，当你看到这封信的时候我已经不在这个世界上了。本来手术是安排在22号进行的，但我主动选择改在21号，我知道出意外的可能性会很大，我不能在你大喜的日子离开人世。在离开你的这两年多时间里，我无时无刻不在想着你，即便是他们切断了咱俩的联系，但我依然通过其他方式来关注你。

其实这样也挺好的，我真的想明白了，两个真心相爱的人不一定非要在一起。只要心里有你，眼睛里看到什么都能幻化成你的模样。你终于要结婚了，真替你感到高兴，多少也能减轻我的罪过。

全林，你曾经说过我是一个爱许愿的女孩儿，甚至连一根眼睫毛掉落了也会许个愿再吹走，可是你知道吗？每一次我许的愿都是你一定要幸福。你也一定会幸福的，全林，再见了，忘掉我吧，好好地去迎接未来的幸福生活。

永远爱你的妮妮

2012 年 6 月 15 日

我看到全林拿着信纸的手在不停地颤抖着，到最后，他把信纸蒙在自己的脸上，我看不见他脸上的表情。慢慢地，全林的肩膀剧烈地起伏起来。我知道自己该离开了，很欣慰，终于完成了肖妮交给我的任务。

第二天，我把肖妮的那件绿色 T 恤和日记本一起交给全林。现在对他准确的称呼应该是肖妮最爱的那个全林，只有他才是最有资格拥有它们的人。能让肖妮的 T 恤和日记本重见天日而且得到最好的归宿，能让肖妮的“意外”流产事件水落石出，也算不枉我煞费苦心策划的这一切。虽然最终的结局并不是我的预期目标，但正如肖妮在日记里说过的那样，也许这都是老天爷的有意安排吧。

故事结束了，好半天我还沉浸在其中。原先一直着急知道结局，现在终于知道了，反倒心里空落落的，说不上来是因为什么。故事最后的反转让人很伤感，我更愿意把它归类为爱情故事。

小穆在我对面沉默着。我不知道该说些什么，只好顾左右而言他："你在讲故事方面很出色，有什么秘诀吗？"

小穆："呵呵，秘诀倒谈不上，其实很简单，就是一个位置摆放的问题。对于一个完整的故事来说，讲故事的人始终都是全知的，而听故事的人会经历一个从无知到局部知晓最后才到全知的过程。这种信息的不对称很容易在讲述的过程中，让听故事的人有距离感。要解决这个问题，讲故事的人就需要放下身段，变换角度，忘记自己是全知的，和听众们一起在故事里探秘，共同把故事推进到结尾。"

我豁然开朗，接着问道："你本人作为故事里'我'的人物原型，在故事里连名字都没改，故事里的其他人物恐怕用的也都是人物原型的本名吧？"

小穆推了推鼻梁上的眼镜，没说话，只是微笑着点了点头。

我："没想过把这个故事用文字写下来，出本书吗？一定会非常受欢迎的。"

小穆淡淡地说道："我早就说过了，只是给大家讲一个故事而已，就这么简单。"

我："可是，这个故事真的非常非常精彩，不出版的话太遗憾了。"

小穆意味深长地说道："不论故事多么精彩，在现实生活面前都是逊色的。"

随后，小穆的一番讲述让我真正理解了这句话的含义……

尾　声

第二天，我和小穆一同踏上了回北京的火车。近两年，每隔一段时间小穆就会来北京一次，来见一位老朋友。与以往不同的是，小穆这次带上了他的妻子。

4月末的北京已经开始燥热起来，我和小穆一起来到公主坟附近的一个筒子楼里。在一个被阳光洒满的小房间里，有一个女人盘腿坐在床上，一脸的懵懂，正用一双空洞的大眼睛望着天花板，嘴里念念有词的，不知道在说着什么。

小穆走到女人身边坐了下来，和蔼地问道："最近过得好吗？肖妮。"

是的，这个女人就是肖妮，她并没有死，却真的精神失常了。

小穆并没有告诉全林全部真相，这是肖妮对小穆的嘱托。

虽然试过了多种治疗方案，但肖妮的病情却在日益加重，到后来，她神志清醒的时间越来越少。肖妮预感到自己的病恐怕已经难以治愈了，就一再恳求小穆：一旦她的精神彻底失常，无论如何都不能让全林知道真相，让全林以为她死了就可以了。只有这样才能让全林放下包袱去迎接新的生活，肖妮也不愿意最爱的男人看到自己精神失常的样子，她希望保留在全林心里的那个肖妮永远都是原来的模样。

现实和故事比起来，的确更让人震撼。那天晚上小穆最后对我说，肖妮身上发生的巨大变故，曾经在很长一段时间里让他无法释怀。如今，他终于想通了。其实这样也好，在肖妮的精神世界里不再会有烦恼和忧伤，一切美好的、快乐的事情都可以按照她自己的意愿随意实现。

此刻，肖妮用好奇的眼神望着我，望了好一会儿也没说一句话，随后就又重复先前的动作，继续看着天花板。肖妮脖子上戴着的一条项链上套着一枚戒指，戒托上镶着一只小鸡。小穆佯装要去夺那枚戒指，肖妮却条件反射般地一只手护住胸口上的戒指，一只手拼命朝小穆拍打着。小穆对我说："这可能是她现在唯一有意识的行为，以此来保护自己的宝贝。这枚戒指是当年全林送给她的生日礼物。"

小穆的话让我很难过，也不由得在心里为全林和肖妮的这段爱情唏嘘起来。

人世间总是会有太多难以预料的意外和身不由己的离合，并不是每一份真挚的爱情都能有一个好的归宿。在很多有情人甚至连无所顾忌的相爱都是一种奢望的情况下，我们似乎没有理由不珍惜眼前的人！

当我和小穆一起走出医院时，看到不远处一直等着的小穆妻子。她没有向我俩的方向走过来，只是静静地站在那儿凝望着小穆，她的目光很温暖。虽然在故事里我并不太喜欢小穆妻子这个连名字都没有的角色，但在此刻，我忽然觉得她同样也是美丽的。

此情此景，似乎让小穆也很感动。和我告别后，他径直走到妻子跟前，轻轻拉起她的手，在阳光的照耀下，两个人一起走向远方……

人世间总是会有太多难以预料
的意外和身不由己的离合。

后记

十年前，十年后

中国作家协会会员、辽宁省作家协会签约作家、知名文学期刊编辑，十年前的我断然不会想到，十年后的我能和这些身份联系在一起。

彼时，由于所供职的报纸停刊，我不得不“委身”到一家企业做内刊编辑。企业内刊的出版周期是两个月一期，工作十分清闲，我几乎每天都在喝茶、看报、上网聊天中肆意挥霍着大好的青春年华。

直到 2012 年 11 月 22 日这一天，刚刚过完 31 岁生日的我，忽然萌生了写一个故事来纪念自己前三十年人生的想法。于是，我用三个多月时间写出了《一张可怕的照片》这部长篇小说。整个写作过程如行云流水般一气呵成，连我自己都没想到第一次写小说竟会如此顺利，仿佛我30岁以前的阅历积累都是为了创作这部小说准备的。之前从未涉足过文学领域的我，当时并没有意识到这会成为我走上文学道路的缘起。

作为文学圈里的新人，我对出版领域的事情几乎一无所知。不过，我无疑是非常幸运的，一个很偶然的机会，大连出版社的资深编辑郭老师看到了《一张可怕的照片》的书稿，毅然决定签下图书版权。事后我才了解到，对于大多数新作者来说，出书并不是一件容易的事，以版税形式出书更是难上加难，而且《一张可怕的照片》也是大连出版社在近十年来以版税形式出版的第一本市场书。

《一张可怕的照片》正式上市发行后，成功地为我打开了一扇文学之门，也让我得到了许多知名图书公司的关注，这其中就包括和我一直保持合作关系的北京儒意欣欣文化发展有限公司。

我一直有一个心愿，希望有朝一日《一张可怕的照片》能以一个全新的面貌再次呈现在广大读者面前。现在，这个愿望终于实现了。从书名到内容再到版式设计，《一张可怕的照片》完成了一次脱胎换骨般的华丽转身，它有了一个全新的书名——《别爱上我》。

记得此前后记里有这样一段话："在一次又一次的期盼和等待中，这一年就这样过去了。绚烂之极总免不了归于平淡，在茫茫书海里，我只是一个过客，终将会回到原来的轨道里。不过，还是要说一声：很高兴和你们相识！"

再读这段话，我不由得感慨万千，没想到当初的过客竟变成了常客，最终以作家的形象示人。借用书中的一句话来说就是：人世间总是会有太多难以预料的意外和身不由己的离合。

十年前，我在报纸停刊的落寞中茫然无措；十年后，我在写作带来的成就中笃定自信。人的一生中，能拥有几个十年？其实屈指可数。愿在下一个十年里，我依然能有你们的相伴！谢谢！

辛酉

2019 年 10 月 17 日